예수의 생애

The Life of Our Lord

예수의 생애

찰스 디킨스 황소연 옮김

Charles Dickens

민음사

일러두기

1. 이 책은 1934년 영국과 미국에서 각각 최초 출간된 초판본을 대본으로 삼았습니다.
2. 성경에 등장하는 인명과 지명은 한국어 성경과 종교적 맥락에서 대중적으로 널리 쓰이는 표현을 채택하여 표기했습니다.
3. 본문의 각주는 모두 옮긴이 주입니다.

초판 서문

찰스 디킨스의 작품 중 마지막으로 출간되는『예수의 생애』는 찰스 디킨스 본인의 개인적인 관심과 목적에서 쓰인 만큼 저자의 다른 작품과는 사뭇 다릅니다.

예수님을 작품의 테마로 삼고 있긴 하지만 이 원고 자체가 소설가 찰스 디킨스에게 특별한 사적 의미를 가지고 있었지요. 이 작품은 그의 지성의 소산이라기보다 그의 감성과 인간성이 빚어낸 작품이라 할 것입니다. 물론 예수님에 대한 그의 뜻깊은 헌신이기도 하지요.

이 책은 그가 사망하기 21년 전인 1849년에 그의 자녀들을 위해 쓰였습니다. 이것의 원고는 온전히 손으로 적은 필사본으로, 출간을 위해 쓰인 원고가 아니라 즉흥적으로 쓰인 초안이었습니다. 원본의 개성을 살리기 위해 이 책은 사소한 부분까지도 원본의 특성을 충실히 따르고 있습니다. 대문자의 다양한 사용이라든가 다른 특이한 점들이 이에 해당합니다.*

찰스 디킨스는 생전에 자녀들에게 복음서의 이야기를

---

* 이는 1934년 최초 출간된 원저에 관련된 것으로 이 한국어판에는 해당되지 않는다.

자주 들려주었고 그들에게 보낸 편지에서도 예수님을 예시로 들곤 했습니다. 『예수의 생애』는 애초에 출판을 염두에 두고 쓰인 것이 아니라 그의 가족이 아버지의 생각을 기록으로 영원히 간직할 수 있도록 하려던 것입니다.

찰스 디킨스의 사망 후 이 원고는 그의 처제인 조지나 호가스의 소유로 남아 있다가 1917년 그녀가 사망하자 헨리 필딩 디킨스 경의 소유가 되었습니다.

찰스 디킨스는 『예수의 생애』가 그의 자녀들이 읽기에 가장 적합하도록 쓴 것이지 출판을 위한 것은 아니라고 분명히 밝혔습니다. 그의 아들 헨리 경은 자기가 살아 있는 동안에는 이 작품이 출간되는 것에 반대했지만 자신이 사망한 후까지도 출판을 유보할 이유는 없다고 생각했습니다.

헨리 경의 유언장은 그의 가족 대다수가 출판에 찬성한다면 『예수의 생애』를 세상에 공개해야 한다고 명시하고 있습니다. 그에 따라 이 책은 1934년 3월에 연재 형태로 처음 출판되었습니다.

1934년 4월
마리 디킨스

차례

초판 서문   5

1. 경건한 양치기들과 잔인한 헤롯   9
2. 세례 요한과 가나의 혼인 잔치   23
3. 열두 제자들과 예수의 위로   35
4. 예수의 치유와 살로메의 춤   47
5. 시몬의 초대와 오병이어 기적   59
6. 죄지은 여인에 대한 용서   73
7. 선한 사마리아인과 탕자 이야기   89
8. 나사로의 부활과 유다의 배신   111
9. 최후의 만찬과 겟세마네 동산의 기도   125
10. 가시관을 쓰고 조롱받는 예수   135
11. 예수의 부활과 사울의 회심   149

어린 그리스도인의 기도 | 찰스 디킨스   179
예수는 왜 위대할까? | 허연(시인)   181
다시 '이야기'로! | 이해영(성민교회 담임목사)   183
다정하고 온유하게 | 정은귀(한국외대 영문학 교수)   185
누가 우리의 진정한 왕인가? | 이상준(1516교회 담임목사)   188

에두아르 마네, 「예수님의 얼굴」
(부분, 1865년, 샌프란시스코 미술관)

1

경건한 양치기들과 잔인한 헤롯

사랑하는 나의 아이들아, 나는 너희들이 예수 그리스도의 생애에 대해 꼭 알았으면 한다. 누구나 그분에 대해 알아야 하니 말이다. 이제껏 그분만큼 선하고 친절하며 온화한 분은 세상에 없었단다. 또한 잘못을 저지른 자들, 이리저리 병든 자들, 비천한 자들까지도 예수님만큼 가엾게 여긴 사람은 없었지. 이제 그분은 천국에 계시고, 우리도 죽은 후에 모두 그곳에서 만나 언제까지나 함께 행복할 수 있기를 바라기에, 천국이 얼마나 좋은 곳인지 알기 위해서라도 예수님이 어떤 분이셨고 무엇을 하셨는지 알아야만 하겠지.

예수님은 아주아주 오래전 — 거의 2000년 전에 — 베들레헴*이라는 곳에서 태어나셨어. 예수님의 아버지와 어머니는 나사렛**이라는 곳에서 살았는데, 일

보니파치오 베로네세, 「양치기들의 경배」
(16세기, 117.5 × 171.5cm, 덴마크 니보고르 미술관)

마르턴 더 포스, 「양치기들의 경배」
(16세기, 47.5 × 63cm, 암스테르담 국립미술관)

때문에 베들레헴으로 여행을 떠나게 되었어. 아버지의 이름은 요셉이었고, 어머니의 이름은 마리아였단다.

그런데 일을 보느라 온 다른 사람들로 마을이 몹시 붐볐기 때문에 여관은 물론이고 어떤 집에도 요셉과 마리아가 묵을 방이 없었어. 그래서 그들은 잠시 머물 생각으로 마구간 안으로 들어갔는데, 그 마구간에서 예수 그리스도가 태어나셨어. 그곳에는 요람이나 요람처럼 쓸 만한 것이 전혀 없어서 마리아는 예쁜 사내 아기를 말들이 먹이를 먹는 말구유 안에 눕혔단다. 그렇게 아기 예수님은 거기서 잠이 드셨어.

예수님이 잠드신 동안, 들판에서 양을 치던 양치기들은 하나님이 보내신 한 천사가 너무도 찬란하고 아름다운 모습으로 풀밭을 가로질러 다가오는 것을 보았어. 처음에 그들은 두려운 나머지 땅에 엎드려 얼굴을 숨겼지. 하지만 천사가 말했어. "오늘, 여기서 멀지 않은 베들레헴이라는 도시에서 한 아기가 태어났는데, 장차 그 아기는 하나님께서 자신의 아들로 사랑하실 만큼 훌륭한 존재로 자라 사람들에게 서로 사랑하고 싸우거나 해치지

---

* 예루살렘에서 남쪽으로 약 9킬로미터 떨어진 유대 지방의 소도시. 다윗 왕의 탄생지로도 알려져 있으며 히브리어로 '빵의 집'이라는 뜻이다.
** 이스라엘 북부 갈릴리 지방의 소도시.

말라고 가르칠 것이다. 그의 이름은 예수 그리스도이니라. 사람들은 하나님이 그 이름을 사랑하심과 그들도 그 이름을 사랑해야 함을 알고 그들의 기도에 그 이름을 넣게 될 것이다." 그러고 나서 천사는 양치기들에게 마구간으로 가서 말구유에 있는 그 아기를 보라고 했어. 양치기들은 시키는 대로 그곳에 가서 잠든 아기 옆에 무릎을 꿇고 말했어. "하나님, 이 아이를 축복하소서!"

런던이 영국에서 가장 큰 곳이듯 당시 예루살렘은 그 나라에서 가장 큰 곳이었고, 예루살렘에는 왕이 살았는데 그의 이름은 헤롯 왕이었어.[*] 어느 날 저 멀리 동방에서 찾아온 현자들[**]이 헤롯 왕에게 이렇게 말했어. "우리가 하늘에서 별 하나를 보았는데, 그 별이 우리에게 베들레헴에서 한 아이가 태어났다는 것과 그 아이가

---

[*] 당시 유대 지방은 로마 제국의 지배 아래 있었다. 로마 제국은 각 지방에 총독과 주둔군을 두었고 세금 징수권과 사형 승인권, 군사권 이외에는 각 지방의 고유한 법과 종교를 대부분 존중하였다. 유대 지방 역시 자치권을 인정받아 그들의 종교 및 사법 회의체를 가지고 있었다. 대제사장을 중심으로 율법학자들과 귀족층이 종교재판과 조세 수납을 대리하며 공동체 운영에 핵심적 역할을 하였다. 일정 시기에는 로마가 임명한 대리 통치자가 유대 지방을 다스리기도 하였는데 예수가 탄생했을 때는 헤롯 대왕(Herod the Great, BC73-AD4년)이 그 대리자 왕이었다. 헤롯 대왕 사후 유대 지방은 그의 세 아들에 의해 분할 통치되었는데, 나중에 세례 요한을 처형하고 예수의 재판에 관여한 왕은 헤롯 안티파스(BC 20~AD39년)이다.

[**] 고대 페르시아에서 온 신분 높은 사제 집단(그리스어로 '마고스') 순례자로 흔히 '동방박사'로 불린다.

에드워드 번존스, 「동방박사의 경배」
(1890년, 256 × 386.8cm, 버밍엄 박물관 및 미술관)

앞으로 성장해 모든 사람들로부터 사랑받게 될 것임을 알려 주었소."

헤롯 왕은 천성이 못된 자라 이 말을 듣고 질투심을 느꼈어. 아무렇지 않은 척 현자들에게 말했지. "그 아이는 지금 어디 있소?" 그러자 현자들이 말했어. "우리야 모르지요. 하지만 그 별이 가르쳐 주겠지요. 여기로 오는 내내 그 별이 앞장을 선 데다 지금은 하늘에 멈춰 서 있으니 말이오."

헤롯은 현자들에게 그 별이 아이가 사는 곳을 정말 가르쳐 주는지 확인해 보라고 하고는 아이를 찾으면 돌아오라고 했어. 그래서 현자들은 밖으로 나섰고, 별은 그들의 머리 위에서 앞으로 조금 나아가다가 아이가 있는 집 위에 멈췄지. 정말 놀라운 일이었지만 이 모두가 하나님께서 그리되도록 명하신 것이었단다.

별이 멈추자 현자들은 안으로 들어가서 아이와 아이 어머니 마리아를 보았어. 현자들은 아이가 몹시 사랑스러워 아이에게 선물을 주었지.[*] 그러고 나서 그곳을 떠났어. 하지만 헤롯 왕에게 돌아가지는 않았어. 현자들은 헤롯이 질투하고 있다고 생각했거든. 헤롯이 그렇게

---

[*] 황금, 유향, 몰약. 「마태복음」 2장 11절 참조.

말하진 않았지만. 그래서 그들은 밤을 틈타 자기들 나라로
그냥 돌아가 버렸어. 그때 천사가 와서 요셉과 마리아에게
아이를 데리고 이집트라는 나라로 가라고 했어. 그러지
않으면 헤롯이 아이를 죽일 거라고. 그래서 그들도 밤중에
그곳을 빠져나갔지. 아이 아빠와 아이 엄마, 그리고 아이는
무사히 이집트에 도착할 수 있었어.

그런데 잔인한 헤롯은 현자들이 돌아오지 않았다는
것과 그 때문에 이 아이, 예수 그리스도가 어디에 사는지
알아낼 길이 없다는 걸 알고는 병사들과 장교들을 불러
그의 영토 안에 있는 두 살 미만의 아이들을 모두 죽이라고
명령했어. 악독한 부하들은 왕이 시키는 대로 했지.

아이 엄마들은 아이를 품에 안고 거리를 이리저리
뛰어다니며 아이의 목숨을 구하려고 동굴과 지하실에 숨겨
보았지만 모두 헛수고였어. 칼을 찬 병사들은 아이들을
찾는 족족 모두 죽여 버렸어. 이 끔찍한 살인을 가리켜 흔히
'무고한 자들의 죽음'이라고 했어. 아이들은 아무런 죄가
없었기 때문이야.

헤롯 왕은 그렇게 죽은 아이들 중에 예수 그리스도가
있기를 바랐어. 하지만 그의 뜻대로 되진 않았어. 알다시피
그분은 안전하게 이집트로 탈출하고 난 뒤였으니까.
그리고 악독한 헤롯 왕이 죽을 때까지 아버지 어머니와

카를로 돌치, 「성가족의 이집트 도피」
(1648년)

니콜라 푸생, 「헤롯 대왕의 영아 학살」
(17세기, 147 × 171cm, 콩데 미술관)

함께 그곳에서 살았단다.

2
세례 요한과 가나의 혼인 잔치

헤롯 왕이 죽고 나서 천사가 다시 요셉에게 나타나 그만 예루살렘으로 가도 좋다고 말해 주었어. 아이의 목숨은 이제 걱정할 필요가 없다고. 그래서 요셉과 마리아, 그리고 그들의 아들 예수 그리스도는(흔히 '성가족'이라 불리는 세 사람은) 예루살렘을 향해 여행을 떠났어. 하지만 여행 중에 헤롯 왕의 아들이 새 왕이 되었다는 소식을 듣고 그자 역시 아이를 해치려 들지 모른다는 걱정에 나사렛에서 눌러살 생각으로 발길을 돌렸지. 그렇게 해서 그들은 예수 그리스도가 열두 살이 될 때까지 나사렛에서 살았어.

예수 그리스도가 열두 살이 되었을 때 요셉과 마리아는 그 시절 예루살렘 성전에서 열리던 종교 축제에 참가하러 예루살렘으로 가게 돼. 당시 예루살렘 성전은 큰 교회나 대성당과도 같은 곳이었는데, 그들은 예수 그리스도를 데리고 그곳으로 갔어. 축제가 끝난 뒤 그들은 예루살렘을 떠나 나사렛에 있는 집으로 향했어. 많은 친구들과 이웃들하고 함께. 당시 사람들은 강도를 만날까 두려워 대개 큰 무리를 지어 함께 여행하곤 했어. 그때는 길이 지금처럼 안전하지도 않았고 지키는 사람도 없었기 때문에 여행은 지금보다 훨씬 더 힘들고 고된 일이었어.

그런데 하루 종일 여행을 하고 나서야 그들은 예수 그리스도가 그들과 함께 있지 않다는 걸 알게 되었어. 일행이 워낙 많았기 때문에 예수님이 보이지 않았지만 무리 어딘가에 섞여 있겠거니 생각한 거야. 하지만 그들은 예수님이 없다는 걸 알고 혹시 길을 잃었나 걱정하면서 몹시 불안한 마음으로 예수님을 찾으러 예루살렘으로 돌아갔어.

예수님은 예루살렘 성전 안에 앉아 있었어. 거기서 하나님의 선하심에 대해, 우리가 하나님에게 어떻게 기도를 올려야 하는지 박사라고 불리는 지식인들 몇 명과 함께 이야기를 나누고 있었지. 그 박사라는 사람들은 오늘날 흔히 '박사(doctor)'라고 하면 생각나는 사람들과는 달라. 그들은 아픈 사람들을 돌보는 의사가 아니라 학자이자 명석한 사람들이었어. 그런 그들이 예수 그리스도의 말씀과 질문 속에 엄청난 지식이 있음을 알고 모두 놀라고 있었어.

 요셉과 마리아는 예수님을 발견했고, 예수님은 그들과 함께 나사렛의 집으로 돌아가 서른 살 혹은 서른다섯 살이 될 때까지 그곳에서 살았지.

 그런데 그 시기에 요한*이라는 아주 훌륭한 사람이 있었어. 그는 엘리자벳이라는 여인의 아들이었는데, 그 여인은 바로 마리아의 사촌이었지. 사람들이 악한 짓을 하고 폭력을 쓰고 서로를 죽이는 데다 하나님에 대한 의무를 게을리하자, 요한은 (더 잘 가르치기 위해) 온 나라를 돌아다니면서 사람들에게 설교를 했고, 더 나은 사람이 되라고 간곡히 말했어. 그는 자기 자신보다 사람들을 더 사랑하고 자기를 돌보지 아니하고 사람들에게 선행을 베풀곤 했기 때문에 낙타 가죽으로 지은 허름한 옷을 입고 먹을 것도 돌아다니다 발견하는, 메뚜기라는 곤충과 벌이 빈 나무에 남겨 둔 야생 꿀 말고는 거의 아무것도 먹지 않았어.

 아마 너희들은 메뚜기를 본 적이 없을 거야. 메뚜기는 여기서 멀리 떨어진 예루살렘 근처 그 나라에 사니까. 그건

---

* 세례 요한. 유대인 제사장의 아들로 태어났지만 특권을 버리고 고행하며 요단강에서 세례를 베풀었다. 「누가복음」 1장 참조. 세례 요한은 메시아의 등장을 예고했고, 헤롯 안티파스 왕을 비판하다 감옥에 갇혔다.

엘 그레코, 「세례받는 예수님」
(1600년, 350 × 144cm, 프라도 미술관)

조반니 바티스타 치마 다 코넬리아노, 「세례받는 예수님」
(1494년, 350 × 210cm, 베네치아 산조반니 교회)

낙타도 마찬가지지만, 아마 낙타는 본 적이 있겠지. 어쨌든 낙타는 가끔씩 여기로 오기도 하니까, 보고 싶다면 내가 한 마리 보여 줄 수도 있어.

예루살렘에서 그리 멀지 않은 곳에 요단강이라는 강이 있었어. 그 강에서 요한은 자기를 찾아와 더 나은 사람이 되기로 약속하는 사람들에게 세례를 해 주었어. 엄청나게 많은 사람들이 요한에게 몰려갔어. 예수 그리스도도 그를 찾아가셨지. 하지만 요한은 예수님을 보고 이렇게 말했어. "나보다 훨씬 더 훌륭하신 당신에게 내가 어찌 세례를 주겠습니까!" 그러자 예수님이 대답하셨어. "지금은 그리하도록 하십시오."

그래서 요한은 예수님에게 세례를 해 주었어. 예수님이 세례를 받으셨을 때 하늘이 열리고 비둘기처럼 생긴 아름다운 새 한 마리가 날아 내려왔고, 하늘에서 하나님의 음성이 들려왔어. "이는 내가 사랑하는 아들이요, 내가 기뻐하는 자라!"

이후 예수 그리스도는 광야라고 하는 황량하고 쓸쓸한 곳으로 가서 40일 낮과 40일 밤을 머물면서 남자들과 여자들에게 도움이 되고자 기도하셨어. 사람들이 죽은 후 천국에서 행복할 수 있도록 그들을 더 나은 사람으로 가르칠 수 있게 해 달라고 말이야.

광야에서 나오셨을 때 예수님은 단지 손을 얹는 것만으로 아픈 사람들을 치유하기 시작했어. 왜냐하면 하나님께서 병든 자를 낫게 하고 눈먼 자에게는 앞을 보게 하는 권능을 예수님에게 주셨기 때문이야. 그것 말고도 예수의 기적이라 불리는 신기하고 장엄한 일들을 행할 능력을 주셨는데, 예수의 기적이라는 말을 꼭 기억하렴. 앞으로 내가 거듭 사용할 말이기도 하고, 또 이것이 대단히 놀라운 일이자 하나님의 허락과 도움이 없이는 절대 이루어질 수 없는 일이라는 걸 너희들이 이해하기를 바라기 때문이야.

예수 그리스도께서 첫 번째 기적을 행하신 곳은 가나라는 곳이었어. 어머니 마리아와 함께 혼인 잔치에 가셨을 때였지. 그 자리에 포도주가 없어서 마리아는 예수님에게 포도주가 없다고 말했어. 정말 그곳에는 물이 가득 찬 돌 항아리 여섯 개만 있었지. 하지만 예수께서 손을 들어 올려 물을 포도주로 바꾸셨고, 그 자리에 있던 모든 이들이 그 포도주를 마셨지.

하나님께서 예수 그리스도에게 기적을 행할 능력을 주시고 예수께서 실제로 기적을 행하자 사람들은 예수님이 평범한 사람이 아니라는 걸 알게 되었어. 또한 예수님이 가르치신 것들을 믿게 되었고 하나님이 보낸 분이라는

바르톨로메 에스테반 무리요,
「가나의 혼인 잔치」(1672년경)

엘 그레코, 「여리고성의 맹인을 고치시는 예수님」
(1576년, 119.3 × 57.5cm, 메트로폴리탄 미술관)

것도 믿게 되었지. 많은 사람들이 그 이야기를 듣게 되었어. 예수님이 병든 자를 치유하셨다는 얘기를 듣고 진심으로 예수님을 믿기 시작했고, 그분이 어디를 가든 거리에서는 엄청난 인파가 그분을 따르게 되었어.

3

열두 제자들과 예수의 위로

예수 그리스도께서는 함께 다니면서 사람들을 가르칠
동료가 필요했어. 그래서 열두 명의 가난한 사람들을
선택하셨지. 이 열두 명을 사도 또는 제자라고 부르는데,
가난한 사람들 중에서 선택하신 것은 — 이후 앞으로
다가올 모든 날들에는 언제나 — 천국이 부자뿐 아니라
가난한 자들을 위해서도 만들어졌다는 걸 가난한 자들에게
알리기 위해서였어. 또한 하나님은 좋은 옷을 입은 자들과
맨발에 누더기를 걸친 자들을 차별하지 않는다는 것도.
아무리 불행한 자라도, 아무리 흉하고 망가지고 비천한
존재라도 이 땅에서 예수님을 믿고 선하게 살아간다면
천국에서는 빛나는 존재가 될 거라고. 어른이 되어서도
너희들은 절대 이것을 잊지 않기를 바란다.
    남자든 여자든 아이든 가난한 자에게 절대로

교만하거나 불친절하게 굴지 말거라. 나쁜 사람을 대하게 되면, 그들에게 친절한 친구들과 좋은 가정이 있었더라면, 그리고 좋은 교육을 받았더라면 지금보다는 나았을 거라고 생각하거라. 항상 친절하게 설득하는 말로 그들을 더 나은 사람으로 만들려 노력하고, 할 수 있다면 항상 그들을 가르치고 위로하도록 하거라. 그리고 사람들이 가난하고 불행한 이들을 욕하거든 예수 그리스도가 어떻게 그들 가운데 임하셨고 어떻게 그들을 가르쳤으며 어떻게 그들을 귀히 여기셨는지 생각하거라. 그리고 항상 그들을 너희들 자신처럼 불쌍히 여기고, 가능하면 그들을 좋게 생각하거라.

열두 사도의 이름은 시몬 베드로, 안드레, 세베대의 아들 야고보, 요한, 빌립, 바돌로매, 도마, 마태, 알패오의 아들 야고보, 다대오, 시몬, 그리고 가룟 유다였어. 마지막 사람은 훗날 예수 그리스도를 배신하게 되는데, 그 이야기는 곧 듣게 될 것이다.

처음 네 명은 가난한 어부였어. 그들이 바닷가 배 안에 앉아 그물을 고치고 있을 때 예수님이 그 옆을 지나가셨지. 예수님은 가던 걸음을 멈추시고 시몬 베드로의 배에 올라 물고기를 많이 잡았냐고 물으셨어. 베드로는 아니라고 말했지. 밤새 그물질을 했지만 아무것도 잡지 못했다고.

그러자 예수님이 "그물을 다시 내려 보라."라고 하셨어. 그들이 그물을 내리자마자 어찌나 물고기가 가득 들어찼는지 많은 남자들이 (도와주러 온 여러 남자들까지) 힘을 썼는데도 간신히 그물을 물 밖으로 들어 올릴 수 있었어. 이것은 예수 그리스도께서 행한 또 다른 기적이었어.

그러고 나서 예수께서 말씀하셨어. "나를 따라오라." 곧바로 그들은 예수님을 따랐단다. 이후 열두 제자 또는 사도들은 항상 예수님과 함께했어. 많은 사람들이 따르면서 가르침을 받길 원하자 예수님은 산에 올라가셨어. 거기서 그들에게 설교하셨고, "하늘에 계신 우리 아버지"로 시작하는 기도문을 알려 주셨어. 너희들이 매일 밤 올리는 그 기도 말이야. 이것이 주님의 기도라고 불리는 이유는 예수 그리스도께서 처음 말씀하셨고 또한 제자들에게 그렇게 기도하라고 명하셨기 때문이야.

예수께서 산에서 내려오셨을 때, 나병이라는 무서운 병에 걸린 남자가 예수님을 찾아왔어. 그 시절에는 흔한 질병이었는데, 이 병에 걸린 사람들은 문둥이로 불렸어. 이 문둥이가 예수 그리스도의 발 앞에 엎드려 말했어. "주님! 하고자 하시면 당신은 얼마든지 저를 고칠 수 있나이다!" 언제나 연민으로 충만하신 예수께서 손을 내밀고 이렇게

라파엘로, 「베드로를 부르시는 예수님」
(1516년경, 319 × 399cm, 프라하 국립미술관)

카를 외스털라이 1세, 「갈릴리 바다에서 예수님과 제자들」
(1833년, 46 × 72cm, 개인 소장)

말씀하셨지. "내가 원한다! 너는 나을 것이다!" 그의 질병은 즉시 사라졌고, 그는 치유되었단다.

예수께서 어디를 가든 많은 사람들이 큰 무리를 이루어 예수님을 따라다니게 되었는데, 예수께서 잠시 쉬기 위해 제자들과 함께 어떤 집 안으로 들어가셨어. 예수께서 앉아 계시는 동안 남자들 몇 명이 어떤 남자가 누운 침대를 들고 왔어. 그 남자는 중풍이라는 중병에 걸려 머리부터 발끝까지 온몸을 부들부들 떨고 있었고 설 수도 움직일 수도 없었지. 하지만 집 문과 창문에까지 빼곡히 들어찬 사람들 때문에 예수 그리스도 가까이 갈 수가 없자 남자들은 나지막한 그 집 지붕으로 올라가 기와를 들어내고 아픈 남자가 누운 침대를 예수님이 앉아 계신 방으로 내려놓았어.

예수께서 그를 보시고는 딱히 여기시며 말씀하셨어. "일어나라! 네 침대를 가지고 네 집으로 가라!" 그러자 그 남자는 일어나 멀쩡한 몸으로 그곳을 떠났지. 예수님을 축복하고 하나님께 감사를 올리면서.

한번은 병사들을 다스리는 장교 백부장*이 예수님을 찾아와 말했어. "주님! 제 하인이 많이 아파 제 집에

---

*   고대 로마의 장교로 군대 조직 중 100인으로 구성된 '센투리아'의 대장이었다.

누워 있습니다." 예수 그리스도께서 대답하셨지. "내가 가서 그를 고쳐 주겠다." 하지만 백부장은 이렇게 말했어. "주님! 주님께서 저처럼 하찮은 자의 집을 친히 찾으시다니요. 말씀만 해 주십시오. 그러면 그가 나을 줄 압니다." 그러자 예수 그리스도는 백부장이 진심으로 믿는 것에 기뻐하시며 말씀하셨지. "그렇게 될지어다!" 그 말이 떨어지자마자 그의 하인은 건강을 찾았지.

하지만 예수님을 찾아온 사람들 중에 그 누구보다 큰 슬픔과 고통에 시달리는 한 남자가 있었어. 많은 사람들을 다스리는 행정관인 그가 두 손을 부여잡고 울부짖으며 말했지. "오 주님, 제 딸애가, 아름답고 착하고 아무 잘못 없는 제 어린 딸애가 죽었습니다! 부디 제 딸에게 가 주십시오. 딸애에게 가셔서 그 복된 손을 그 애에게 얹어 주십시오. 그러면 그 애가 다시 살아날 것을 알겠나이다. 그 애가 다시 살아나면 저와 그 애의 어미는 행복을 되찾을 것입니다. 오, 주님, 저희는 그 애를 너무나 사랑합니다. 저희는 그 애를 너무나 사랑합니다! 그런데 그 애가 죽었습니다!"

예수 그리스도께서 그와 함께 나가셨고, 제자들도 따라나섰어. 그들은 그의 집으로 갔어. 친구들과 이웃들이 울고 있는 방 안에 그 가엾은 소녀가 누워 있었고, 그

파올로 베로네세, 「예수님께 자기 하인의 병을 고쳐 주길 간청하는 로마 백부장」
(1571년경, 192 × 297cm, 프라도 미술관)

바실리 폴레노프, 「야이로의 죽은 딸을 일으키시는 예수님」
(1871년경, 173 × 280cm, 러시아 예술 아카데미 과학 연구 박물관)

시절 사람이 죽으면 으레 그랬듯이 부드러운 음악이 연주되고 있었지. 예수 그리스도께서 슬픈 눈길로 소녀를 바라보시면서 불쌍한 부모를 위로하셨어. "이 아이는 죽은 것이 아니다. 자고 있는 것이다." 그러고는 방 안에 있던 사람들을 내보내시고 죽은 아이에게 가서 아이의 손을 잡자, 아이가 마치 잠을 자고 일어나듯 멀쩡한 몸으로 일어난 거야. 오, 아이 부모가 아이를 품에 안고 입 맞추고 크나큰 은총을 베푸신 하나님과 그의 아들 예수 그리스도께 감사를 올리는 광경이란!

하지만 주님은 언제나 자비롭고 온유한 분이셨어. 그리고 주님이 그렇게 선한 일을 행하시고 사람들에게 하나님을 사랑하는 법과 어떻게 죽은 후에 천국에 갈 수 있는지 그 희망을 가르치셨기에 주님은 '우리 구세주'라 불리는 것이다.

4

예수의 치유와 살로메의 춤

우리 구세주께서 기적을 행하시던 그 나라에는
바리새인이라 불리는 사람들이 있었어. 매우 교만한 데다
자기들 말고는 아무도 선하지 않다고 믿는 자들이었지.
그리고 그들은 모두 예수 그리스도를 두려워했어.
예수님이 자기들 바리새인보다 사람들을 더 잘 가르친다는
이유로 말이지. 그때 유대인들은 대체로 그랬어. 그 땅에
사는 사람들은 대부분 유대인이었고.

 한번은 어느 안식일에(유대인들은 그때나 지금이나
토요일이 '안식일'인데, 우리는 예수님이 부활하신
일요일을 '주일'이라고 하지.) 우리 구세주께서 제자들과
함께 들판을 거닐었는데, 그때 그들이 거기서 자라는
곡식의 이삭을 몇 개 따 먹었어. 그런데 바리새인들이 그걸
잘못이라고 따졌어. 우리 구세주께서 그들의 교회인 회당

한곳에 들어가 손이 쭈그러들고 비틀어진 어느 가난한 남자를 연민의 눈으로 바라보셨을 때도, 바리새인들은 "안식일에 사람들을 치유하는 것이 과연 올바른 일이냐?"라고 말했지. 우리 구세주께서는 그들에게 이렇게 대답하셨어. "만약 너희 중 누가 양을 기르는데 그 양이 구덩이에 빠지면, 안식일이라고 해서 꺼내지 않을 것이냐? 하물며 사람이 양만도 못하겠느냐!" 그러고는 가난한 남자에게 말씀하셨어. "네 손을 내밀라!" 그러자 남자의 손은 즉시 치유되어 다른 이의 손처럼 매끄럽고 쓸모 있게 되었지. 그리고 예수 그리스도께서 그들에게 말씀하셨단다. "어떤 날이든 선은 항상 행할 수 있다."

그 일이 있고 나서 얼마 후 우리 구세주께서 나인이라는 도시에 가셨는데, 많은 사람들, 특히 아픈 가족이나 친구, 자식을 둔 사람들이 예수님을 따라왔어. 예수님이 지나는 곳마다 아픈 사람들을 거리와 큰길로 데리고 나와 제발 만져 달라고 소리쳤지. 예수님이 만져 주시면 병자들은 건강해졌어. 예수께서는 군중을 헤치며 나아가다가 성문 근처에서 장례 행렬을 만나셨어. 젊은 남자의 장례 행렬이었는데, 그 나라의 관습에 따라 지금 이탈리아의 여러 지역에서 그러하듯 젊은 남자는 열린 상여에 실려 가고 있었어. 그 남자의 불쌍한 어머니는

상여를 따라가며 너무도 구슬피 울었는데, 그 남자
말고는 다른 자식이 없었어. 우리 구세주께서 그 여자의
지극한 슬픔을 보시고는 가슴 깊이 공감하시어 "울지
말라!"라고 말씀하셨어. 그러자 상여를 멘 사람들이 멈춰
섰고, 예수께서 그쪽으로 다가가 손으로 상여를 만지며
말씀하셨어. "젊은이여! 일어나라." 구세주의 음성에
죽은 남자가 다시 살아났고 일어나 말하기 시작했어.
예수 그리스도께서는 그 남자를 어머니 곁에 두고 자리를
떠나셨단다. 아, 두 사람은 얼마나 행복했을까!

    사람들이 구름 떼처럼 모여들 무렵 예수
그리스도께서는 물가로 내려가 조금 한적한 곳으로 가실
생각으로 배를 타셨어. 예수께서 배 안에서 잠이 드셨고,
제자들은 갑판에 앉아 있었어. 예수님이 잠이 드신 동안
격렬한 폭풍이 일어났는데, 파도가 배를 덮치고 울부짖는
바람이 어찌나 배를 심하게 흔들어 대는지 그들은 배가
가라앉는 게 아닌가 생각했단다. 제자들은 겁에 질려 우리
구세주를 깨우며 말했어. "주님! 우리를 구해 주소서.
아니면 우리는 죽습니다!" 예수님은 일어나 팔을 올리고는
날뛰는 바다와 쌩쌩 몰아치는 바람에게 말씀하셨어.
"그만! 멈추어라!" 말이 끝나자마자 평온하고 쾌청한
날씨가 찾아와 배는 잔잔한 물 위를 안전하게 나아갔지.

마리오 민니티, 「과부의 죽은 아들을 일으키는 예수님」
(17세기, 245 × 320cm, 메시나 지역 미술관)

외젠 들라크루아, 「갈릴리 바다의 폭풍 가운데 잠드신 예수님」
(1841년, 45.7 × 54.6cm, 캔자스시티 넬슨 앳킨스 미술관)

그들은 물 건너편에 도착해 원래 가려던 도시로 향했는데 도시 외곽에 자리한 황량하고 쓸쓸한 공동묘지를 지나게 되었어. 그 시절 도시 밖에는 어디든 공동묘지가 있었어. 그런데 이곳에는 무덤들 사이에 살면서 밤낮으로 울부짖는 무시무시한 미치광이가 있어서 여행객들은 그 소리를 듣고 두려움에 떨곤 했어. 사람들이 그자를 쇠사슬로 묶어 보려 했지만, 그자는 힘이 너무 세서 쇠사슬도 끊어 버렸어. 날카로운 바위에 스스로 몸을 던져 가장 끔찍한 방식으로 자기 몸에 상처를 내곤 했는데, 내내 울면서 괴상한 소리를 냈어. 이 비천한 남자가 멀리서 예수 그리스도를 보더니 이렇게 외쳤어. "하나님의 아들이시다! 오, 하나님의 아들이시여, 저를 괴롭히지 마소서!" 예수님은 그자에게 다가가면서 그자가 악령에 사로잡혀 있다는 걸 알아채시고는 그자에게서 광기를 몰아낸 뒤 근처에서 먹이를 먹던 돼지 떼에게 던지셨어. 돼지들은 곧장 가파른 벼랑 아래로 곤두박질쳐 바닷물로 뛰어들었고 그대로 산산조각이 나 버렸지.

그 시절 그곳의 백성을 다스리는 왕은 무고한 아이들을 살해한 잔혹한 헤롯 왕의 아들이었어. 아들 헤롯이 예수 그리스도께서 여러 기적을 행하신다는 소식을 듣게 되었어. 눈먼 자가 앞을 보게 하시고, 귀먹은 자가 듣게 하시고, 말 못 하는 자가 말하게 하시고, 다리를 못 쓰는 자가 걷게 하시고, 게다가 수많은 사람들이 그분을 따르고 있다고. 헤롯은 그 소식을 듣고는 "이 사람은 세례 요한의 동료이자 친구"라고 말했어. 너희들도 기억하겠지만 요한은 낙타 털로 만든 옷을 입고 야생 꿀을 먹는 선한 사람이었어. 그때 헤롯은 요한을 붙잡아 데리고 있었어. 요한이 백성들을 가르치고 설교를 했다는 이유로 요한을 붙잡아 자신의 궁전 감옥에 가둔 거야.

 헤롯이 요한에게 불만을 품고 있던 시기에 헤롯의 생일이 다가왔어. 춤을 잘 추었던 헤롯의 의붓딸 살로메는 그날 헤롯을 기쁘게 하려고 헤롯 앞에서 춤을 추었지. 헤롯은 딸의 춤을 보고 크게 기뻐하며 무엇이든 원하는 소원을 하나 들어주겠노라 맹세했지. 그러자 왕의 딸이 말했어. "그러시면, 아버지, 세례 요한의 머리를 접시에 담아 저에게 주십시오." 그녀는 요한을 미워한 데다 사악하고 잔인한 여자였어.[*]

 왕은 후회가 되었어. 요한을 잡아 가두긴 했지만 죽일 마음은 없었거든. 하지만 무엇이든 소원을 들어주겠노라

---

[*] 헤롯 안티파스 왕은 형제를 몰아내고 그의 아내였던 헤로디아와 결혼했다. 세례 요한이 이를 비판하자 헤로디아는 요한에게 원한을 품고는 딸 살로메로 하여금 복수하도록 만든 것이다.

마사초, 「세례 요한의 참수」(1426년, 21 × 61cm, 베를린 신국립미술관)

루카스 크라나흐, 「헤롯 왕의 연회에서」
(1533년, 79.5 × 112.6cm, 슈타델 미술관)

맹세한 탓에 병사 몇 명을 감옥으로 내려보냈어. 가서 세례 요한의 머리를 베어 딸에게 갖다주라고 말이야. 병사들은 명령을 받들어 요한의 머리를 베어 왕의 딸이 원한 대로 일종의 요리처럼 접시에 담아 딸에게 가져다주었어.

예수 그리스도는 사도들에게 이 만행에 대해 전해 들으시고는 그 도시를 떠나셨어. 사도들과 함께 (사도들이 요한의 시신을 밤중에 은밀히 묻은 후) 다른 곳으로 가셨지.

5

시몬의 초대와 오병이어 기적

한 바리새인이 자기 집에서 함께 식사를 하자고 우리 구세주를 초대했어. 그런 연유로 우리 구세주께서 그 집 식탁에 앉아 식사를 하셨는데, 그 도시에 사는 어느 여인이 살그머니 방으로 들어왔어. 그간 욕되고 죄 많은 삶을 살아온 그 여인은 하나님의 아들에게 차마 모습을 드러내기가 부끄러웠지.

그렇지만 예수님의 선하심과 진심으로 잘못을 뉘우치는 자들에게 보이신 예수님의 연민을 굳게 신뢰했기 때문에 여인은 예수님이 앉아 계신 자리 뒤로 조금씩 다가갔고, 예수님의 발 앞에 엎드려 회힌의 눈물로 예수님의 발을 적시고는 발에 입을 맞춘 뒤 자신의 긴 머리카락으로 예수님의 발을 닦고 나서 상자에 담아 온 향유를 발라 드렸어. 그녀의 이름은 막달라 마리아야.

예수께서 여인의 손이 닿는 것을 허락하시자 바리새인은 그걸 보고는 그녀가 얼마나 천한 여인인지 예수께서 모르시는구나 속으로 생각했지. 하지만 예수 그리스도께서 바리새인의 생각을 읽고 이렇게 말씀하셨어. "시몬아 — 바리새인의 이름은 시몬이었어 — 어떤 사람에게 돈을 빌려 간 자가 둘 있는데, 한 명은 500데나리온*을 빚졌고, 다른 한 명은 50데나리온을 빚졌다고 생각해 보아라. 그런데 그가 그들의 빚을 모두 탕감해 주었다면, 빚진 자 가운데 누가 더 그를 사랑하겠느냐?" 시몬이 대답했어. "빚을 더 많이 탕감받은 자겠지요."

예수께서 그에게 옳다고 하시고는 이렇게 말씀하셨어. "하나님께서 이 여인의 많은 죄를 용서하셨으니, 바라건대 이 여인은 하나님을 더욱더 사랑할 것이다." 그러고는 그 여인에게 말씀하셨어. "하나님께서 너를 용서하신다!" 그 자리에 있던 사람들은 죄를 용서할 권능이 예수 그리스도께 있다는 데 놀랐지만, 사실 하나님께서는 이미 그 권능을 예수님에게 주셨던 거야. 그래서 여인은 예수님의 은혜에 감사하며 그곳을 떠났단다.

* 데나리온은 예수 생전 로마 제국에서 통용된 은화다. 1데나리온은 평범한 일꾼의 하루 치 품삯에 해당하였다.

이 이야기에서 배울 점은 비록 우리에게 해를 끼친 사람이라도 우리를 찾아와 진심으로 사죄한다면 항상 그 사람을 용서해야 한다는 것이다. 찾아와 용서를 구하지 않더라도 우리는 여전히 그 사람을 용서해야지, 미워하거나 박대해서는 안 된다. 하나님께서 우리를 용서해 주시길 바란다면 말이야.

이후 유대인들의 큰 축제가 있어 예수 그리스도께서는 예루살렘으로 가셨어. 양을 사고파는 시장 근처에 베데스다라는 이름의 샘이 하나 있었고, 그곳으로 가는 문은 다섯 개 있었어. 해마다 그맘때 축제가 열릴 무렵이면 병들고 불구가 된 많은 사람들이 이 샘에 가서 목욕을 하곤 했는데, 천사가 와서 샘물을 휘저을 때 가장 먼저 샘에 들어가는 사람은 남자든 여자든 어떤 병이든 낫는다고 믿었기 때문이야. 그 가엾은 사람들 중에 병이 들어 38년 동안 앓아 온 남자가 있었어.

그 남자가 (도와주는 이 하나 없이 홀로 침대에 누워 있는 자기를 예수께서 보시고 불쌍히 여기자) 예수 그리스도께 이르기를 자기는 너무 약하고 아파서 샘 근처로 갈 수가 없어 한 번도 샘에 몸을 담근 적이 없다고 했어. 우리 구세주께서 남자에게 말씀하셨어. "네 침대를 들고 떠나거라." 그러자 남자는 건강한 몸이 되어 그곳을

디르크 바우츠, 「바리새인 시몬의 집에서 예수님의 발을 닦는 마리아」
(1460년경, 40.5 × 61cm, 베를린 국립 회화관)

바르톨로메 에스테반 무리요, 「베데스타 샘에서 38년간 앓아 온 병자를 고치시는 예수님」
(1670년경, 237 × 261cm, 런던 내셔널 갤러리)

떠났지.

　많은 유대인들이 이것을 보았어. 그걸 보고 오히려 예수 그리스도를 더욱더 미워하게 됐어. 사람들이 예수님에게 가르침을 받고 치유되면 더는 제사장들을 신뢰하지 않으리라는 걸 알았기 때문이야. 제사장들은 사람들에게 거짓을 말하고 그들을 속이곤 했거든. 그래서 그들은 자기들끼리 예수 그리스도가 죽어야만 한다고 말했어. 예수님이 안식일에 사람들을 치유했다는(그것이 자기들 율법에 어긋난다는) 이유로 말이야. 또한 예수님이 자신을 하나님의 아들이라고 칭했다는 이유로. 그래서 그들은 예수님에 대한 적대감을 부추기고 거리에서 사람들이 예수님을 죽이도록 선동했단다.

　하지만 사람들은 예수님이 어디를 가든 예수님을 따르고 축복했고, 예수께 가르침을 받고 치유되길 바랐어. 예수님이 오직 선한 일만 하신다는 걸 알고 있었으니까. 예수께서 제자들과 함께 디베랴의 바다를 건너시던 중 언덕배기에 앉아 계시다가 많은 수의 불쌍한 사람들이 아래에서 기다리는 걸 보시고는 사도 빌립에게 말씀하셨어. "긴 여행을 했으니 저들이 먹고 기운을 차리게 하려면 우리가 어디서 빵을 사야 하겠느냐?" 빌립이 대답했어. "주님, 저렇게 사람들이 많으니

200데나리온어치 빵으로도 부족할 터인데 우리에겐 한 푼도 없습니다." 다른 사도 — 시몬 베드로의 형제 안드레 — 가 말했어. "우리게 있는 거라곤 작은 보리빵 다섯 덩이, 작은 물고기 두 마리가 전부입니다. 여기 우리 가운데 있는 한 아이의 것이지요. 이렇게 사람들이 많은데 이것으로 무얼 하겠는지요!"

예수 그리스도께서 말씀하셨어. "모두 앉게 하라!" 그들은 풀이 많이 난 곳에 앉았어. 모두 자리를 잡고 앉았을 때 예수님은 빵을 받아 들고 하늘을 올려다보시며 감사의 기도를 올리신 뒤 빵을 쪼개셨고, 여러 개의 빵 조각을 사도들에게 주셨어. 사도들은 그것을 사람들에게 나누어 주었지. 작은 빵 다섯 덩이와 작은 물고기 두 마리로 남자 5000명은 물론이고 여자들과 아이들까지 모두 양껏 먹을 수 있었어. 모두 배불리 먹고 나서도 바구니 열두 개가 남은 것으로 가득 찰 정도였단다. 예수 그리스도가 행하신 또 다른 기적이었지.

그 후에 우리 구세주께서는 제자들을 배에 태워 물 건너편으로 보내시면서 사람들이 모두 돌아가면 곧 따라가겠노라 말씀하셨어. 사람들이 모두 돌아갔을 때 예수님은 기도를 드리려 홀로 남아 계셨어. 그러다 밤이 되었고 제자들은 여전히 배 안에서 노를 젓고 있었어.

조반니 란프란코, 「오병이어」
(1623년, 46 × 72cm, 아일랜드 국립미술관)

언제쯤 그리스도께서 오시려나 궁금해하면서. 그날 밤이 깊어 바람이 그들을 향해 불어오고 파도가 높이 일렁이고 있을 때 그들은 예수님이 오시는 것을 보았어. 예수님은 마른 땅 위를 걷는 것처럼 물 위를 걷고 있었어.

그들은 그것을 보고 겁에 질려 소리를 질렀지만, 예수께서 말씀하셨어. "나다, 두려워 말라!" 베드로가 용기 내 말했어. "주님, 정말 주님이 맞다면 저에게 물 위를 걸어 주님께 오라고 말씀해 주십시오." 그러자 예수 그리스도께서 말씀하셨어. "오라!" 베드로는 예수님을 향해 걸어갔지만, 성난 파도와 울부짖는 바람 소리 때문에 두려움에 휩싸여 가라앉기 시작했어. 베드로가 그대로 가라앉을 뻔했지만 예수님이 손을 잡아 그를 배 안으로 인도하셨지. 그리고 순식간에 바람이 잦아들었어. 제자들은 서로에게 말했어. "진짜다! 이분은 하나님의 아들이시다!"

이 일이 있고 나서도 예수님은 더 많은 기적을 행하시고 수많은 병자들을 치유하셨어. 다리 못 쓰는 자를 걷게 하시고, 말 못 하는 자를 말하게 하시며, 눈먼 자는 앞이 보이게 하셨어. 또한 예수님을 둘러싸고 따르는 많은 사람들이 사흘 동안 거의 아무것도 먹지 못해 지치고 배를 주리게 되자, 예수님은 제자들에게 빵 일곱 개와 작은 물고기 몇 마리를 받아 다시 그것들을 4000명에 달하는 사람들에게 나누어 주셨어. 모두 먹고 남을 만큼 충분했어. 남은 것들이 바구니 일곱 개를 가득 채울 만큼.

 이제 예수님은 여러 도시와 마을로 제자들을 나누어 보내셨고 제자들로 하여금 사람들을 가르치게 하셨어. 또한 제자들에게 치유하는 능력을 주시어 하나님의 이름으로 모든 병든 자들을 고치게 하셨단다. 그 무렵 예수님은 이런 말씀을 하셨어. (앞으로 무슨 일이 일어날지 아셨거든.) 어느 날 예수님이 자신은 예루살렘으로 돌아가야 하고 그곳에서 엄청난 고난을 겪은 뒤 죽임을 당하게 될 거라고. 하지만 죽은 지 사흘째 되는 날 무덤에서 일어나 하늘로 올라갈 것이며, 그곳에서 하나님의 오른편에 앉아 죄인들을 용서해 주실 것을 하나님에게 간청할 거라고 하셨지.

에로 예르네펠트, 「물 위를 걷는 예수님」
(1891년, 50 × 36.5cm, 핀란드 포리 미술관)

6

죄지은 여인에 대한 용서

빵과 물고기의 기적을 행하신 지 엿새째 되는 날, 예수 그리스도께서는 베드로, 야고보, 요한 세 제자만 데리고 높은 산으로 올라가셨어. 거기서 제자들에게 말씀하고 계셨는데 갑자기 얼굴이 태양처럼 환히 빛나기 시작하고 입고 있던 흰옷도 윤이 나는 은처럼 반짝거렸어. 그들 앞에 선 예수님의 모습은 마치 천사와 비슷했지. 그사이 찬란한 구름 한 점이 그들의 머리 위를 덮더니 구름 속에서 음성이 들려왔어. "이는 내 사랑하는 아들이요 내 기뻐하는 자이니, 너희는 그의 말을 들으라!" 이 말씀에 세 제자는 두려움으로 무릎을 꿇고 쓰러져 얼굴을 가렸단다.

    이 일을 가리켜 흔히 우리 구세주의 변모(Transfiguration)라고 한단다.

    그들이 이 산에서 내려와 다시 사람들 사이에 있을 때,

조반니 벨리니, 「변화산에서 예수님, 엘리야, 모세」
(1479년경, 115 × 152cm, 나폴리 카포디몬테 미술관)

루카스 크라나흐, 「아이들을 축복하는 예수님」
(16세기, 77.5 × 122cm, 폴란드 바벨성)

한 남자가 예수 그리스도의 발 앞에 무릎을 꿇고 말했어. "주님, 부디 제 아들을 가엾게 여기소서. 아들놈은 미쳐서 스스로를 돌볼 수 없습니다. 때로는 불에 몸을 던지고, 때로는 물에 몸을 던져 온몸이 상처투성이지요. 주님의 제자 몇몇이 아들놈을 고치려 했으나 소용이 없었습니다." 우리 구세주께서 즉시 그 아이를 고치시고는 제자들을 향해 돌아서서 너희들이 그 아이를 고치지 못한 것은 내가 기대한 만큼 너희들이 나를 진심으로 믿지 못하기 때문이라고 말씀하셨지.

한번은 제자들이 예수님께 이렇게 물었어. "스승님, 천국에서 누가 가장 위대합니까?" 예수님은 한 어린아이를 불러 안았다가 그들 가운데 세워 두시고 대답하셨어. "이 아이와 같은 자니라. 내가 너희에게 말하노니, 어린아이처럼 겸손한 자 말고는 아무도 천국에 들어가지 못할 것이다. 누구든 내 이름으로 이런 작은 아이를 영접하는 자는 나를 영접하는 것이다. 그러나 누구든 아이를 해치려는 자는 차라리 자기 목에 맷돌을 달고 깊은 바다에 빠지는 것이 나을 것이다. 천사들은 모두 어린아이들이다." 우리 구세주께서는 그 아이를 사랑하셨고, 모든 아이들을 사랑하셨어. 그래, 온 세상을 사랑하셨단다. 그분만큼 모든 사람을 그토록 진심으로 사랑했던 사람은 아무도 없었어.

베드로가 예수님께 여쭈었어. "주님, 저를 해친 자를 몇 번이나 용서해야 합니까? 일곱 번입니까?" 우리 구주께서 답하셨어. "일곱 번을 일흔 번이라도 몇 번이든 용서해야 한다. 네가 다른 사람을 용서하지 않는다면, 네가 잘못을 저질렀을 때 어찌 하나님께 용서를 구하겠느냐!"

그러고 나서 제자들에게 이런 이야기를 들려주셨어. 예수께서 말씀하셨지. "옛날에 주인에게 큰돈을 빚진 하인이 있었는데, 하인이 빚을 갚지 못하자 주인은 크게 노하여 이 하인을 노예로 팔아넘기려 했다. 하지만 하인이 무릎을 꿇고 크게 슬퍼하며 주인에게 용서를 구하니 주인은 그를 용서해 주었다. 그런데 이 하인에게는 100데나리온을 빌려 간 다른 하인이 있었는데 자기 주인이 그랬듯 이 딱한 남자에게 친절과 용서를 베푸는 대신 빚을 갚지 못한다는 이유로 그 남자를 감옥에 가두었다. 주인이 이 소식을 듣고 그 하인에게 가서 말했다. '이 사악한 하인아, 나는 너를 용서해 주었거늘 너는 어찌 네 동료 하인을 용서하지 않았느냐!' 하인이 친구를 용시히지 않았기에 그의 주인은 하인을 빈털터리로 쫓아냈다."

우리 구세주께서 계속 말씀하셨어. "어찌 너희는 다른 사람을 용서하지 않으면서 하나님께서 너희를 용서하시길

로런스 W. 래드, 「주인에게 빚을 탕감받은 하인 이야기」
(1880년경, 24.1 × 30cm, 스미스소니언 미술관)

로런스 W. 래드, 「포도밭 일꾼의 품삯 우화」
(1880년경, 24.1 × 30.3cm, 스미스소니언 미술관)

바라느냐!" 이것이 바로 우리가 바치는 주기도문에서
"우리가 우리에게 죄지은 자를 용서함과 같이 우리의 죄를
용서하여 주시옵소서."의 구절이 의미하는 바란다.

 예수님은 또 다른 이야기를 들려주셨어. "옛날에
포도밭을 가진 한 농부가 있었다. 이른 아침 밭에 나간
농부는 일꾼들에게 하루 종일 일하는 대가로 1데나리온씩
주기로 약속하였다. 그리고 얼마간 시간이 흐른 뒤 그는
다시 나가서 더 많은 일꾼들을 같은 조건으로 고용했다.
그러다 얼마 후 그는 다시 나갔고, 그런 식으로 오후가
될 때까지 여러 차례 나갔다. 날이 저물고 모두 품삯을
받으러 왔을 때, 아침부터 일했던 사람들은 뒤늦게 일을
시작한 사람들이 같은 액수의 돈을 받았다고 불평하면서
공평하지 않다고 말했다. 하지만 주인은 말했다. '친구여,
나는 당신에게 1데나리온을 주기로 약속하지 않았나? 내가
다른 사람에게 같은 품삯을 준다고 해서 당신이 받는 돈이
줄어드는가?'"

 우리 구세주께서 이 이야기를 통해 가르치려 하신
것은 평생 선행을 행한 사람들은 죽은 후에 천국에 간다는
것이었어. 불행 때문이든 어릴 때부터 돌봐 줄 부모나
친구가 없어서든 악하게 살아온 사람도 뒤늦게라도
진심으로 뉘우치고 하나님께 용서를 구한다면 용서받고

천국에 간다는 것도.

　예수께서 이런 이야기로 제자들을 가르치신 것은 사람들이 이야기 듣는 것을 좋아한다는 것과 이야기로 가르치면 당신의 말씀을 더 잘 기억한다는 것을 아셨기 때문이야. 이것을 '우화'라고 부르는데, 곧 이런 우화는 더 이야기할 테니 우화라는 말을 기억하고 있으렴.

　사람들은 우리 구세주께서 말씀하신 이야기를 모두 귀담아들었지만, 그중에는 예수님의 말씀에 동의하지 않는 자들도 있었어. 바리새인들과 유대인들은 몇몇 사람들에게 반대하는 의견을 내놓았고 그들 중 몇몇은 예수님을 해치거나 심지어 살해하려는 속셈까지 내비쳤지. 그럼에도 그들은 두려워 섣불리 예수님을 해치진 못했어. 예수님의 선하심과 너무나 신성하고 위대하신 모습 때문에 ― 비록 가난한 사람들과 다를 바 없이 아주 소박한 옷차림을 하고 계셨지만 ― 예수님의 눈을 똑바로 쳐다보지도 못했지.

　어느 날 아침 예수께서 감람산이라는 곳에 앉아 사람들에게 가르침을 주고 계실 때였어. 사람들은 예수님을 둘러싼 채 말씀을 귀담아 들으며 가르침을 받고 있었지. 그때 큰 소란이 일어나더니 바리새인 여럿과 같은 패거리인 율법학자라는 사람들이 달려와서는 마구 소리치고 고함을 지르면서 잘못을 저지른 여인을

헨리크 시에미라츠키, 「죄지은 여인」
(19세기, 41 × 52cm, 바르샤바 국립미술관)

루카스 크라나흐, 「죄지은 여인」
(16세기, 41 × 52cm, 스웨덴 국립미술관)

끌어냈단다. 그리고 모두 함께 외쳤어. "선생! 이 여인을 보시오. 율법에 따르면 이 여인은 돌에 맞아 죽어야 마땅하지요. 하지만 선생은 뭐라 하시겠소? 뭐라 하시겠냐고요?"

예수님은 소란을 피우는 사람들을 신중히 보시다가 그들은 당신에게서 율법이 잘못되었고 잔혹하다는 말을 들으러 왔다는 것을 알아채셨어. 또한 당신께서 정말 그리 말씀하시면 그들은 그것을 빌미로 당신을 고발해 죽일 것도 아셨지. 예수께서 그들의 얼굴을 가만 바라보시자 그들은 부끄러움과 두려움을 느꼈지만 계속 소리쳤어. "어서요! 뭐라 하시겠소? 뭐라 하시겠냐고요?"

이때 예수께서 몸을 굽혀 손가락으로 땅바닥의 모래 위에 이렇게 쓰셨어. "너희 중에 죄 없는 자, 먼저 돌로 여인을 쳐라." 그들은 이것을 읽고 서로의 뒤를 돌아보았어. 예수께서 그들에게 그 말씀을 되풀이하자 그들은 부끄러워하며 하나둘 그곳을 떠났고, 소란을 피우던 사람들은 결국 한 사람도 남지 않았단다. 그리고 그곳에는 예수 그리스도와 두 손으로 얼굴을 가린 여인 둘만이 남게 되었지.

예수 그리스도께서 말씀하셨어. "여인아, 너를 고발하는 자들은 어디 있느냐? 너를 단죄하는 이가 없느냐?" 여인이 떨며 대답했어. "아무도 없습니다, 주님!" 그러자 우리 구세주께서 말씀하셨어. "그럼 나도 너를 단죄하지 않겠다. 가라! 그리고 다시는 죄를 짓지 마라!"

구에르치노, 「죄지은 여인」
(1621년경, 982 × 122.7cm, 런던 덜위치칼리지 미술관)

7

선한 사마리아인과 탕자 이야기

우리 구주께서 앉아 사람들을 가르치시며 질문에 답하고 계실 때, 한 율법학자가 일어서더니 말했어. "선생님, 죽고 나서 다시 행복하게 살려면 어찌해야 합니까?" 예수님께서 그에게 말씀하셨어. "모든 십계명 중 첫째는, 우리 하나님은 오직 한 분이라는 것이다. 그러니 너는 온 마음과 온 힘을 다해 네 하나님을 사랑하라. 둘째는 그와 같으니, 네 이웃을 네 몸처럼 사랑하라. 이보다 더 큰 계명은 없다." 그러자 율법학자가 말했어. "하지만 누가 제 이웃입니까? 알 수 있도록 말씀해 주십시오." 그러자 예수께서 우화로 대답하셨어.

"옛날에 어떤 사람이 예루살렘에서 여리고로 여행하던 중 강도를 만났다. 강도들은 그의 옷을 빼앗고 그를 해친 뒤 떠났고, 그는 초주검이 되어 길바닥에

요한 쾨니히, 「선한 사마리아인 이야기」(17세기, 28 × 38cm)

빈센트 반 고흐, 「선한 사마리아인」
(1890년, 크뢸러뮐러 미술관)

버려졌다. 마침 한 제사장이 그쪽을 지나다가 그 가엾은 남자가 거기 누워 있는 걸 보았지만 모른 척 다른 쪽 길로 돌아갔다. 한 레위인도 그쪽으로 왔다가 남자를 보았지만 슬쩍 쳐다보고는 역시 지나가 버렸다. 하지만 그 길을 따라 여행하던 사마리아인*은 남자를 보자마자 딱히 여겨 기름과 포도주를 바르고 상처를 싸맨 뒤 자기가 타고 온 짐승에 남자를 태워 여관으로 데려갔다. 다음 날 아침 사마리아인은 주머니에서 데나리온 두 닢을 꺼내 여관 주인에게 주면서 말했다. '이 사람을 잘 돌봐 주시오. 비용이 더 든다면, 내가 다시 돌아올 때 그것도 지불할 테니.'" 그리고 우리 구주께서 율법학자에게 말씀하셨어. "이 세 사람 중 누가 강도를 만나 쓰러진 자의 이웃이라고 생각하느냐?" 율법학자가 대답했지. "자비를 베푼 사람이겠지요." 우리 구주께서 대답하셨어. "옳다. 너도 가서 그와 같이 하라! 모든 사람에게 자비를 베풀어라. 모든 사람이 너의 이웃이자 형제이기 때문이다."

그리고 절대 교만해서는 안 된다는 뜻에서 다른 우화를 말씀하셨어. 하나님 앞에서 자기가 아주 선하다고

---

* 고대 이스라엘 왕국의 북부 사마리아 지역의 유대인들은 아시리아 제국의 혼혈 정책으로 이방인들과 결혼하였고, 모세오경만 경전으로 인정하는 등 유대교와 다른 종교적 신념을 가졌다. 그래서 유대인들은 사마리아인을 이방인으로 배척하고 있었다.

생각하지 말고 항상 겸손해야 한다는 뜻이었지.

예수님께서 말씀하셨어. "잔치나 결혼식에 초대받아 가면 가장 좋은 자리에 앉지 마라. 혹시 더 존귀한 사람이 와서 그 자리를 요구할 수도 있기 때문이다. 그 대신 가장 낮은 자리에 앉아라. 합당하다면 더 좋은 자리를 받을 것이다. 무릇 자기를 높이는 자는 낮아질 것이요, 자기를 낮추는 자는 높아질 것이다."

또한 예수님은 이런 우화도 말씀하셨어. "어떤 사람이 성대한 만찬을 준비하고 많은 사람들을 초대했다. 식사 준비가 끝나자 하인을 보내 기다리고 있다고 사람들에게 알렸다. 그 말에 사람들은 이런저런 변명을 늘어놓았다. 어떤 사람은 땅을 샀으니 가서 살펴봐야 한다고 했고, 어떤 사람은 황소 다섯 쌍을 샀으니 가서 한번 부려봐야 한다고 했다. 어떤 사람은 갓 결혼한 신혼이라 갈 수 없다고 했다. 집주인은 이 말을 전해 듣고 노하여 하인에게 거리로, 큰길로, 울타리 사이로 다니면서 가난한 자들, 다리 저는 자들, 몸을 못 쓰는 자들, 그리고 눈먼 자들을 만찬에 초대하라고 명했다."

우리 구주께서 이 우화를 통해 말씀하신 것은, 자기 이익과 쾌락에 심취해 하나님과 선행을 생각하지 않는 자는 하나님의 은혜를 얻는 것이 병들고 비천한 자보다 더

제임스 티소, 「삭개오와 예수님」
(1890년대, 18.1 × 25.2cm, 브루클린 미술관)

플랑드르 화가(작자 미상), 「돼지치기가 된 아들」
(17세기)

어렵다는 뜻이란다.

    우리 구주께서 여리고성에 계실 때 이런 일도 있었어. 한 남자가 사람들 머리 위에서 예수님을 내려다보려고 나무 위에 기어 올라가 있는 걸 예수께서 보셨어. 그 남자의 이름은 삭개오였고, 보통 사람에 그저 죄인일 뿐이었지만, 예수님은 지나가시다가 그 남자를 소리쳐 부르시고는 오늘 너의 집으로 가서 함께 식사하겠노라 말씀하셨어. 교만한 바리새인들과 율법학자들은 이 말을 듣고 자기들끼리 이렇게 수군거렸어. "죄인들과 함께 식사한다니." 예수님은 그들의 말에 흔히 '탕자의 우화'라고 불리는 이야기로 답을 하셨어.

    "옛날에 어떤 남자에게 두 아들이 있었는데, 어느 날 막내아들이 말했다. '아버지, 아버지의 재산 중 제 몫을 지금 주십시오. 제 뜻대로 쓰고 싶습니다.' 아버지가 청을 들어주자 막내아들은 그 돈을 가지고 먼 나라로 여행을 떠났고, 곧 방탕한 생활로 모두 탕진해 버렸다. 그가 모든 돈을 썼을 때 온 나라에 거대한 기근이 들었다. 빵 한 조각, 곡식 한 톨, 풀 한 포기 없었고, 땅에서 자라는 모든 것이 바짝 말라 시들었다. 방탕한 아들은 빈곤한 처지에서 굶주리다 스스로 들판에서 돼지를 치는 하인이 되었다. 돼지가 먹는 거친 곡물 껍질이라도 마다하지 않을 생각이었지만 그의 주인은 아무것도 내어 주지 않았다. 곤경에 처한 그는 이렇게 중얼거렸다. '우리 아버지의 하인들은 빵이 남아돌 텐데, 나는 이렇게 굶어 죽는구나! 그만 일어나 아버지께 가서 말씀드려야겠다. 아버지! 저는 하늘과 아버지 앞에 죄를 지어 더 이상 아버지의 아들이라 불릴 자격이 없습니다!'

 그리하여 그는 큰 고통과 슬픔, 역경 속에서 아버지 집으로 향했다. 그가 아직 멀리 떨어져 있을 때 그의 아버지가 그를 보았는데, 누더기를 걸친 비천한 차림새인데도 아들을 알아보고는 아들에게 달려가 얼싸안고 눈물을 흘리며 입을 맞추었다. 그리고 하인들에게 회개한 불쌍한 아들에게 가장 좋은 옷을 입히고 성대한 잔치를 열어 아들이 돌아온 것을 축하하라고 일렀다. 아버지의 지시는 실행되었고 그들은 기뻐하기 시작했다.

 하지만 밭에 나가 있느라 동생이 돌아온 것을 몰랐던 맏아들이 집으로 돌아와 음악과 춤 소리를 듣고는 하인 한 명을 불러 무슨 일이냐고 물었다. 이에 하인은 그의 동생이 돌아왔으며 그의 아버지가 동생이 돌아온 것을 기뻐하고 있다고 대답했다. 이 말을 듣고 맏아들은 화가 나서 집으로 들어가지 않았고, 아버지는 그 이야기를 듣고 맏아들을

렘브란트, 「돌아온 탕자」
(1668년, 202 × 265cm, 에르미타주 미술관)

바르톨로메 에스테반 무리요, 「돌아온 탕자」
(1670년경, 236 × 261cm, 미국 국립미술관)

설득하러 집 밖으로 나갔다.

'아버지.' 맏아들이 말했다. '동생이 돌아온 것을 이토록 기뻐하시다니, 저에게 너무하신 것 아닙니까. 여러 해 동안 저는 아버지 곁을 지켰고 언제나 아버지에게 충실했는데, 아버지는 저를 위해 잔치 한 번 열어 주지 않았습니다. 그런데 허랑방탕한 동생이 온갖 몹쓸 짓으로 돈을 다 써 버리고 돌아왔는데, 아버지는 그저 기뻐하시며 온 집안을 잔칫집으로 만드십니까!'

'아들아.' 아버지가 대답했다. '너는 언제나 나와 함께했으니 내가 가진 모든 것이 너의 것이다. 하지만 네 동생은 죽은 줄 알았는데 이렇게 살아 있지 않으냐. 우린 잃어버린 네 동생을 다시 찾은 것이다. 뜻밖에도 네 동생이 옛집으로 돌아왔으니 우리가 기뻐하는 것은 당연하고 옳은 일이다.'"

우리 구주께서 이 우화를 통해 가르치고자 하신 것은 죄를 짓고 하나님을 잊었던 사람이라도 자기가 저지른 잘못을 깨닫고 슬퍼하며 하나님께 돌아온다면 언제든 환영받고 언제든 하나님의 은혜를 얻는다는 것이다.

이때 바리새인들은 우리 구주의 가르침에 코웃음을 쳤어. 그들은 부유하고 탐욕스러운 데다 모든 인류 가운데 자기들이 가장 우월하다고 생각했기 때문이야. 예수님은 그들에게 경고하는 의미로 이런 우화를 말씀하셨어.
이른바 '부자와 나사로'의 우화란다.

"어떤 부자가 있었는데 값비싼 보라색 리넨 옷을 입고* 날마다 진수성찬을 즐겼다. 그런데 이 부잣집 대문 앞에는 나사로라는 거지가 상처투성이 몸으로, 부자의 식탁에서 떨어지는 부스러기를 받아먹으려 누워 있었다. 게다가 개들까지 와서 그의 상처를 핥곤 했다.

그러다 거지는 죽게 되었고, 천사들의 손에 들려 아브라함의 품에 안겼다. 아브라함은 그보다 오래전에 살았던 아주 훌륭한 사람으로, 그때 천국에 있었다. 훗날 그 부자도 죽어 땅에 묻혔다. 부자는 지옥에서 고통을 당하던 중에 눈을 들어 멀리 있는 아브라함과 나사로를 보았다. 그가 소리쳐 말했다. '아버지 아브라함이시여, 자비를 베푸사 저에게 나사로를 보내 주소서. 그가 손가락 끝에 물을 찍어 그것으로 제 혀를 식히게 하소서. 저는 지금 이 불길 속에서 고통받고 있습니다.' 하지만 아브라함은 이렇게 말했다. '아들아, 살아생전에 너는

---

* 고대에 보라색 염료가 극히 희귀한 탓에 보라색 옷은 귀족 계층이 착용했고 부와 권력, 사치의 상징으로 여겨졌다. 로마 제국에서는 법률로 보라색 옷의 착용을 특정 가문과 신분에 한정하기도 했다. 고운 리넨 역시 많은 노동력이 요구되는 까다로운 공정 과정 때문에 부유층이 향유하는 고급 직물이었다.

야코포 바사노, 「나사로와 부자 이야기」
(1545년경, 176 × 251cm, 클리블랜드 미술관)

디르크 반 델런, 「바리새인과 세리의 기도」
(1653년, 49.4 × 55.9, 매사추세츠 클라크 아트 인스티튜트)

좋은 것들을 받았고 나사로는 나쁜 것들을 받았음을 기억하느냐. 이제 나사로는 위안을 받고 너는 고통을 받는 것이다!'"

예수께서는 바리새인들에게 그들의 교만 때문에 이런 우화를 말씀하신 적이 있었어. 성전에 올라와 기도를 드린 두 사람의 이야기였는데, 한 사람은 바리새인이요 다른 사람은 세금 징수원인 세리였어. 바리새인은 이렇게 말했어. "하나님, 제가 다른 사람들처럼 불의하지 않고 이 세리처럼 악하지 않은 것에 감사드립니다!" 반면 세리는 멀찍이 서서 눈을 들어 하늘을 쳐다보지도 못하고 자기 가슴을 치면서 말했지. "하나님, 죄인인 저에게 자비를 베푸소서!" 우리 구주께서는 그들에게 하나님은 바리새인보다 세리에게 자비를 베푸실 거라고 하셨어. 그가 겸손하고 낮은 마음으로 기도했기에 그의 기도를 더 기쁘게 받으실 거라고 말이야.

이런 가르침을 받게 되자 바리새인들은 몹시 화가 나 질문을 던져 우리 구주를 함정에 빠뜨릴 첩자를 고용했어. 어떻게든 예수님에게서 법에 어긋나는 말을 끌어내려는 것이었지. 당시 그 나라의 황제였던 카이사르는 백성들에게 정기적으로 세금을 바치라는 명을 내리고 누구든 자신의 이 권리에 반발하는 자에게는 무자비한 처사를 내렸기에 이 첩자들은 우리 구주에게서 부당한 세금이라는 말을 끌어내 황제의 미움을 사게 만들려는 속셈이었던 거야. 그렇게 해서 그 첩자들은 아주 겸손한 척 행세하며 예수님에게 와서 이렇게 말했어. "선생님, 당신은 하나님의 말씀을 올바르게 가르치고, 재산이 많거나 지위가 높은 사람들만 존중하지 않습니다. 말씀해 주십시오. 카이사르에게 세금을 바치는 것이 합당한 일인가요?"

예수님은 그들의 속셈을 아시고 이렇게 대답하셨어. "왜 그런 걸 묻느냐? 내게 데나리온 한 닢을 다오." 그들은 데나리온 한 닢을 주었어. "이 위에 있는 형상과 이름은 누구의 것이냐?"* 하고 예수께서 물었어. 그들은 이렇게 대답했지. "카이사르의 것입니다." 그러자 예수께서 말씀하셨어. "그렇다면 카이사르의 것은 카이사르에게 돌려주어라."

그렇게 그들은 예수님을 함정에 빠뜨리지 못한 것에 몹시 분해하면서 또한 실망한 마음으로 예수님을 떠났단다. 하지만 우리 구주께서는 그들의 속마음과 생각을 꿰뚫어 보셨을 뿐 아니라 또 다른 자들이 계략을

---

* 데나리온에는 당시 통치자의 얼굴과 이름이 새겨져 있었다.

안토니오 페르난데스 아리아스, 「"카이사르의 것은 카이사르에게 주어라."」
(1646년, 191 × 230cm, 프라도 미술관)

이그나츠 덜린저, 「가난한 과부의 헌금」
(1836년, 112.5 × 141cm, 벨베데레 궁전 미술관)

꾸미고 있다는 것과 머지않아 당신이 죽게 되리라는 것도 알고 계셨어.

예수께서 그런 가르침을 주실 때 예수님이 앉아 계신 곳 근처에 성전 헌금소가 있었는데, 사람들이 길을 가다가 가난한 자들을 위해 거기 상자에 돈을 넣곤 했어. 예수께서 그곳에 앉아 계시는 동안 많은 부자들이 지나가다가 큰돈을 넣곤 했지. 그러다 어떤 가난한 과부가 와서는 동전 두 닢을 넣고 조용히 돌아갔는데, 그 두 닢을 합쳐 봐야 푼돈 한 닢의 값어치밖에 안 되었어.

과부의 행동을 보신 예수께서 그곳을 떠나기 위해 일어나시면서 제자들을 불러 모으시고는 그날 다른 사람들이 낸 돈을 모두 합친 것보다 가난한 과부가 낸 돈이 진정한 자선이라고 말씀하셨어. 다른 사람들은 부유하기 때문에 헌금한 것이 아쉽지 않겠지만, 몹시 가난한 과부는 빵을 사 먹을 동전 두 닢을 바친 것이었기 때문이지.

무엇이 자선인가를 생각할 때, 우리는 그 가난한 과부의 행동을 잊어서는 안 될 것이다.

8

나사로의 부활과 유다의 배신

베다니아에 사는 나사로라는 남자가 큰 병에 걸렸어. 그는 그리스도께 향유를 붓고 머리카락으로 발을 닦아 드렸던 마리아의 오빠였어. 마리아와 그녀의 자매 마르다는 큰 근심에 싸여 예수님께 사람을 보내 말했지. 주님, 주님께서 사랑하시는 나사로가 병들어 죽게 되었습니다.

예수께서는 이 전갈을 받으시고 곧장 그들에게 가지 않으시다가 이틀이 지나서야 제자들에게 말씀하셨어. "나사로가 죽었다. 베다니아로 가자." 그들이 그곳에 도착했을 때 (그곳은 예루살렘에서 아주 가까운 곳이었어.) 예수께서 예언하신 대로 나사로는 이미 죽은 후였고, 죽은 지 나흘이 지나 땅에 묻혀 있었지.

마르다가 불쌍한 오빠의 죽음을 위로하러 온 사람들 사이에 있다가 예수님께서 오신다는 소식을 듣고 일어났어. 마르다는 예수님을 맞이하러 달려 나갔고, 집 안에는 마리아가 남아 울고 있었지. 마르다는 예수님을 보고는 눈물을 터뜨리며 말했어. "오 주님, 주님께서 여기 계셨더라면 오빠는 죽지 않았을 거예요." 그러자 우리 구주께서 답하셨어. "네 오빠는 다시 살아날 것이다." 마르다는 이렇게 말했어. "물론 그렇겠지요. 그럴 거라 믿습니다, 주님. 마지막 심판의 날에 부활하겠지요."*
　예수께서 마르다에게 말씀하셨어. "나는 부활이요 생명이다. 너는 이것을 믿느냐?" 마르다는 "예, 주님." 하고 대답하고는 자매 마리아에게 달려가 그리스도께서 오셨다고 말했어. 마리아는 이 말을 듣고 밖으로 달려 나갔고 집 안에서 함께 슬퍼하던 모든 이들이 그녀를 따라 나갔지. 마리아는 예수님이 계신 곳에 이르러 예수님의 발 앞에 쓰러졌고, 땅바닥에서 흐느껴 울었어. 다른 사람들도 모두 마찬가지였어. 그들의 슬픔에 깊이 공감하신 예수께서 함께 눈물을 흘리시며 물으셨어. "그를 어디에 두었느냐?" 그들은 "주님, 와서 보십시오!" 라고

---

* 　당시 유대인들은 세상의 종말이 곧 올 것을 믿었다. 세상의 종말이 반드시 전 지구의 멸망을 의미하지는 않았지만, 기존 질서의 전복, 메시아의 출현, 하나님의 심판, 악의 패배, 지구상에 세워질 영원한 하나님의 왕국을 믿었다. 이때 죽은 자들이 다시 살아날 것이라는 믿음을 가지고 있었다.

대답했지.

나사로는 동굴에 묻혀 있었는데 그 위에 큰 돌이 하나 놓여 있었어. 모두 무덤에 모였을 때 예수께서 돌을 굴려 치우라고 명하셨고, 사람들은 시키는 대로 돌을 치웠어. 예수께서 하늘을 올려다보시며 하나님께 감사하신 후 크고 엄숙한 목소리로 말씀하셨지. "나사로야, 나오너라!" 그러자 죽었던 나사로가 되살아났고, 사람들 사이로 걸어 나와서는 누이들과 함께 집으로 돌아갔어. 그곳에 있던 많은 사람들은 이처럼 놀랍고 감동적인 광경을 보고 그리스도께서 정말 하나님의 아들이시며 인류를 가르치고 구원하러 오셨다고 믿게 되었지.

하지만 그럼에도 믿지 않은 자들은 바리새인들에게 이를 고하러 달려갔어. 그날로 바리새인들은 더 많은 사람들이 예수님을 믿게 되는 걸 막기 위해서라도 예수님을 죽여야 한다고 자기들끼리 결의했어. 그러고는 자기들끼리 — 계략을 꾸밀 목적으로 성전 안에서 만나서는 — 다가오는 유월절 축제 전에 예수님이 예루살렘으로 들어오면 붙잡자고 의견을 모았지.

유월절 엿새 전, 예수께서 죽은 자 가운데서 나사로를 살리신 그날 밤, 그들은 나사로와 같이 저녁 식탁에 앉아 있었어. 마리아가 일어나 향유(매우 귀하고 값비싼

두초 디부오닌세냐, 「나사로의 부활」
(1311년, 43.5 × 46.4cm, 킴벨 미술관)

빈센트 반 고흐, 「나사로의 부활」
(1890년, 35.5 × 49.5cm, 반 고흐 미술관)

감송유라는 향유) 1파운드를 가져와 예수 그리스도의 발에 바르고 자기 머리카락으로 다시 그 발을 닦았단다. 그러자 향유의 향기로운 냄새가 온 집 안에 퍼졌어.

그런데 제자 중 가룟 유다가 짐짓 화를 내면서 그 향유를 팔았으면 300데나리온은 받았을 테고 그랬다면 그 돈을 가난한 자들에게 줄 수 있었을 거라고 했어. 하지만 그가 그렇게 말한 것은 그가 돈주머니를 가지고 있었고 그런 그가 사실은(그때까지 다른 사람들은 몰랐지만) 도둑이었기 때문이었어.[*] 최대한 많은 돈을 손에 넣는 것이 그의 속셈이었지. 이제 그는 그리스도를 대제사장[**]들의 손에 넘겨줄 계략을 꾸미기 시작했어.

유월절 축제가 얼마 남지 않았을 때 예수 그리스도께서는 제자들과 함께 예루살렘을 향해 길을 떠나셨어. 점차 도시가 가까워지자 예수께서 한 마을을 가리키시며 두 제자에게 그곳으로 가라고 말씀하셨어. 거기에 당나귀 한 마리와 당나귀 새끼 한 마리가 나무에 묶여 있을 테니 그것들을 데려오라 하셨지. 제자들은 예수님이 말씀하신 대로 그 동물들을 찾아 데려왔고,

---

[*] 가룟 유다는 열두 사도 중 한 명으로 사도들의 돈을 맡아 관리하였는데 그 돈을 마음대로 유용하곤 하였다. (「요한복음」 12장 6절 참조.)

[**] 유대인 사회에서 정치·종교·사법의 통치 기능을 수행한 산헤드린의 최고 수장.

예수님은 당나귀를 타고 예루살렘으로 들어가셨어. 예수님이 가시는 곳마다 사람들이 구름 떼처럼 모여들어 예수님이 가시는 길에 옷을 던지고 꺾은 초록빛 나뭇가지들을 깔아 놓으며 소리쳤어. "찬미하라, 다윗의 자손이시다!" (다윗은 옛 이스라엘 왕국의 위대한 왕이었단다.) "주님의 이름으로 오셨다! 이분은 나사렛의 예언자 예수님이시다!"

예수께서는 성전 안으로 들어가셔서 그곳에 부당하게 앉아 있던 환전상들과 비둘기를 파는 사람들의 탁자를 뒤엎고는 말씀하셨어. "내 아버지의 집은 기도의 집이거늘 너희가 이곳을 강도의 소굴로 만들었다!" 이때 성전 안에서 사람들과 아이들이 "이분은 나사렛의 예언자 예수이시다!" 라고 외쳤는데 그들의 함성 소리는 좀체 그치지 않았어. 또한 눈먼 자와 다리 저는 자들이 떼를 지어 몰려와 예수님의 손에 의해 치유되었어. 대제사장들과 율법학자들, 바리새인들의 마음속엔 예수님에 대한 두려움과 미움이 가득했어. 하지만 예수께서는 계속 병든 자를 고치시고 선행을 베푸시고는 베다니아로 가서 머무셨어. 베다니아는 예루살렘성에서 아주 가까운 곳이었지만 성안은 아니었지.

어느 날 밤 예수님은 그곳에서 제자들과 함께 저녁

스키피오네 콤파뇨, 「예수님의 예루살렘 입성」
(17세기, 59 × 79.5cm)

식사를 하시다가 일어나 수건과 물 대야를 가져오셔서
제자들의 발을 씻기셨어. 제자 중 한 명인 시몬 베드로가
발을 씻기려는 예수님을 막으려 했지만, 우리 구주께서는
그 이유를 설명하셨어. 너희들이 이 일을 기억한다면 항상
친절하고 온유하게 서로를 대하고 너희들 사이에 어떤
교만이나 악의도 품지 않을 거라고.

그 후에 예수님은 슬픔에 잠겨 비통해하시다가
제자들을 둘러보시며 말씀하셨어. "여기 너희 중에 나를
배반할 자가 있다." 그들은 너도나도 소리쳤어. "저입니까,
주님?" "저입니까?" 하지만 예수님은 그저 이렇게만
대답하셨지. "나와 함께 식사하는 열두 명 중 하나이다."
예수님이 아끼시던 제자 하나가 그 순간 우연히 예수님의
가슴에 기대어 말씀을 듣고 있었는데, 시몬 베드로가
그에게 그 거짓된 자의 이름을 물어보라고 손짓했지.

예수께서 "내가 빵 조각을 접시에 담갔다가 건네줄
자가 그이니라." 라고 대답하시고는 빵 조각을 접시에
담갔다가 가룟 유다에게 주시며 이렇게 말씀하셨어. "네가
할 일을 속히 하라." 다른 제자들은 그 의미를 이해하지
못했지만, 유다는 자신의 나쁜 심중을 그리스도께서
읽으셨음을 깨달았지.

그래서 유다는 빵 조각을 받고 즉시 밖으로 나갔어.

때는 밤이었는데, 유다는 곧장 대제사장에게 가서 이렇게 말했어. "내가 그를 넘겨주면 무엇을 주시겠소?" 그들이 그에게 은화 서른 닢을 주겠다고 약속하자 유다는 자신의 주님이자 스승인 예수 그리스도를 그들의 손에 넘기는 작업에 곧장 착수했어.

포드 매덕스 브라운, 「베드로의 발을 씻기시는 예수님」
(1856년, 116.8 × 133.3cm, 런던 테이트 브리튼)

9

최후의 만찬과 겟세마네 동산의 기도

유월절 축제가 코앞으로 다가왔을 때, 예수께서 두 제자 베드로와 요한에게 말씀하셨어. "예루살렘성으로 가거라. 거기서 물동이를 나르는 남자를 만날 것이다. 그의 집으로 따라가서 그에게 말하여라. '예수께서 제자들과 유월절을 보낼 객실이 어디냐고 물어보신다.' 그러면 그가 가구가 딸린 큰 위층 방을 보여 줄 것이다. 거기서 저녁 식사를 준비하여라."

두 제자는 예수님의 말씀을 따랐고, 물동이를 나르는 남자를 만나 그의 집으로 갔어. 거기서 방을 안내받고는 저녁 식사를 준비했지. 그리고 예수님과 다른 사도 열 명이 정한 시간에 오셨고, 식사를 하러 모두 함께 식탁에 둘러앉았어.

우리 구주께서 제자들과 함께 잡수시고 드신 것은

레오나르도 다빈치, 「최후의 만찬」
(1498년, 460 × 880cm, 산타 마리아 델레 그라치에 성당)

이때가 마지막이었기 때문에 이것을 '최후의 만찬'이라고 한단다.

　예수께서 식탁에서 빵을 집어 감사 기도를 올리시고는 빵을 조각 내어 그들에게 나눠 주셨어. 또한 포도주 잔을 들어 감사의 기도를 올리고 드신 다음 그들에게 주시면서 말씀하셨지. "이와 같이 행하여 나를 기억하라!" 저녁 식사를 마치고 찬송가를 부른 후 그들은 감람산으로 나갔어.

　그곳에서 예수께서 제자들에게 말씀하셨어. 오늘 밤 내가 붙잡힐 것이니 너희들은 모두 나를 홀로 두고 오직 너희들 자신의 안전만을 생각하라. 베드로는 진심으로 절대 그럴 수 없다고 말했지. 그러자 우리 구주께서 대답하셨어. "첫닭이 울기 전 너는 나를 세 번 부인할 것이다." 하지만 베드로는 이렇게 대답했어. "아닙니다, 주님. 주님과 함께 죽을지언정 결코 주님을 부인하지 않겠습니다." 다른 제자들도 모두 똑같이 말했어.

　이후 예수께서는 앞장서서 기드론이라는 시냇물을 건너 겟세마네 동산으로 가셨어. 그리고 세 명의 제자와 함께 동산의 한적한 곳으로 들어가셨지. 예수께서 세 제자를 거기에 두고 떠나시면서 앞서 다른 제자들을 떠나오실 때처럼 이런 말씀을 하셨어. "여기서 기다리며 지켜보아라!" 그러고는 그곳을 떠나 홀로 기도하셨고, 그동안 제자들은 지쳐 잠이 들었어.

그리스도께서는 그 동산에서 기도를 하시면서 크나큰 슬픔과 극심한 마음의 고통을 겪으셨단다. 예루살렘 사람들이 악독하게도 예수님을 죽이려 했으니 말이야. 예수께서는 하나님 앞에서 눈물을 흘리셨고, 깊고 강렬한 고뇌에 사로잡히셨지.

기도를 마치고 안정을 찾으신 예수께서 제자들에게 돌아와 말씀하셨어. "일어나라! 가자! 나를 배반할 자가 가까이 왔다!"

그런데 그 동산은 유다가 잘 아는 곳이었어. 우리 구주께서 제자들과 함께 자주 거닐던 곳이었으니까. 우리 구주께서 이 말씀을 하고 계실 때 유다가 대제사장들과 바리새인들이 보낸 강력한 경비대와 관리들을 대동하고 그곳으로 왔어. 어두웠기 때문에 그들은 등불과 횃불을 들고 있었어. 그리고 장검과 몽둥이로 무장하고 있었지. 사람들이 들고일어나 예수 그리스도를 보호할 수도 있었으니까. 같은 이유로 예수께서 사람들을 가르치시는 낮 시간에는 감히 붙잡으러 나서지 못했던 거야.

경비대의 지휘관은 예수 그리스도를 본 적이 없어서 그리스도와 사도들을 구분하지 못했기 때문에 유다는

조르조 바사리, 「겟세마네 동산의 기도」
(1570년경, 143.5 × 127.5cm, 도쿄 국립서양미술관)

조토 디본도네, 「유다의 입맞춤」
(1305년경, 200 × 185cm, 이탈리아 스크로베니 교회)

"내가 입 맞추는 자가 그 사람"이라고 미리 귀띔해 두었어. 유다가 이 악독한 입맞춤을 하려고 앞으로 나아오는 순간 예수께서 병사들에게 말씀하셨어. "누구를 찾느냐?" 그들이 "나사렛의 예수"라고 답하자 우리 구주께서 "내가 바로 그 사람이다. 여기 내 제자들은 가게 두라. 내가 그 사람이다."라고 말씀하셨어. 유다는 "안녕하십니까, 스승님!"이라는 말과 그분께 입을 맞추는 것으로 그것을 확인해 주었지. 이에 예수께서 말씀하셨어. "유다, 네가 입맞춤으로 나를 배신하는구나!"

    그때 경비대가 예수님을 붙잡으려고 달려 나왔어. 아무도 예수님을 보호하러 나서지 않았지만 베드로는 예외였지. 베드로는 가지고 있던 칼을 뽑아 대제사장이 보낸 하인들 중 한 명의 오른쪽 귀를 잘랐는데, 그자의 이름은 말고였어. 하지만 예수께서는 베드로가 칼을 집어넣게 하시고 적들에게 자신을 내어 주셨어. 그러자 모든 제자들은 예수님을 버리고 도망쳤어. 예수님의 곁에는 단 한 명도 — 단 한 명도 — 남아 있지 않았지.

10

가시관을 쓰고 조롱받는 예수

얼마 후 베드로와 다른 제자 하나가 용기를 내어 몰래
경비대를 따라갔어. 예수님이 잡혀가신 대제사장
가야바의 집으로 갔지. 그곳에는 예수님을 신문하기 위해
율법학자들과 여러 사람들이 모여 있었어. 베드로는
문밖에 서 있었지만, 대제사장과 아는 사이였던 다른
제자(사도 요한)는 안으로 들어갔다가 금세 돌아와 문을
지키는 여인에게 베드로도 들여보내 달라고 부탁했어.
여인이 베드로를 보며 말했어. "당신은 그분의 제자가
아니오?" 베드로는 말했어. "나는 아니오." 그래서 여인은
베드로를 들여보내 주었어.

    하인들과 관리들이 불가에 모여 있었는데 베드로는
그들 틈에 섞여 불 앞에서 몸을 녹였어. 날이 몹시
추웠거든.

그런데 어떤 사람이 그 여인과 똑같은 걸 물었어. "혹시 당신도 예수의 제자가 아니오?" 베드로는 다시 부인하며 말했어. "나는 아니오." 그리고 이들 중에 베드로가 칼로 귀를 자른 남자의 피붙이가 있었는데 이번엔 그자가 물었어. "아까 그 동산에서 그와 함께 있는 당신을 본 듯한데 아니오?" 베드로는 맹세코 아니라고 다시 부인했어. "나는 그 사람을 모릅니다." 그 말이 끝나기 무섭게 첫닭이 울었고, 예수께서 돌아서서 베드로를 똑바로 바라보셨어. 그 순간 베드로는 첫닭이 울기 전 당신을 세 번 부인할 거라는 예수님의 말씀이 기억나 밖으로 나가서 비통하게 울었단다.

대제사장은 예수께 여러 가지 질문을 던지면서 백성들에게 무엇을 가르쳤느냐고 물었어. 예수께서 나는 대낮에 공개된 길거리에서 사람들을 가르쳤다 하시고, 사람들이 내게 무엇을 배웠는지는 제사장들이 그들에게 직접 물어보라 하셨지. 예수께서 그리 답변하시자 한 관리가 예수님에게 손찌검을 했어. 그러고 나서 거짓 증인 둘이 들어와 예수께서 하나님의 성전을 무너뜨리고 사흘 만에 다시 지을 수 있다고 말하는 걸 들었다고 했지. 예수께서는 거의 아무것도 대답하지 않으셨지만, 율법학자들과 제사장들은 이자가 신성 모독죄를 범했으니 사형에 처해야 한다고 의견을 모았어. 그러고는 침을 뱉고 예수님을 때렸지.

가룟 유다는 자기 스승이 유죄 판결 받은 것을 보고는 내가 무슨 짓을 한 것인가 싶어 두려움에 벌벌 떨면서 대제사장들에게 은화 서른 닢을 돌려주며 말했어. "내가 죄 없는 피를 배반했소! 나는 이것을 가질 수 없습니다!" 그는 그 말과 함께 돈을 바닥에 던지고는 달아났는데, 광기와 절망에 휩싸여 스스로 목을 매고 말았어. 목숨이 끊어진 후 약한 밧줄이 그의 몸무게를 못 이기고 끊어지는 바람에 시신이 땅으로 떨어졌어. 온통 멍들고 부러진 시신이란 참으로 끔찍한 광경이었단다! 대제사장들은 그 은화 서른 닢을 어찌해야 할지 몰라 그것으로 이방인들을 위한 매장지를 샀는데, 그곳의 원래 이름은 '토기장이의 들판'이었어. 하지만 이후 사람들은 그곳을 '피의 들판'이라고 불렀지.

예수님은 대제사장의 집에서 본디오 빌라도(폰티우스 필라투스)의 재판정으로 끌려가셨어. 재판정에는 총독 본디오 빌라도가 재판을 주관하러 앉아 있었어. 빌라도가 (그는 유대인이 아니었어.) 예수께 말했어. "당신의 동족인 유대인들과 당신의 제사장들이 당신을 나에게 넘겼소. 무슨 짓을 했길래?" 하지만 빌라도는 예수님은 아무런

카라바조, 「예수님을 부인하는 베드로」
(1610년경, 94 × 125.4cm, 메트로폴리탄 미술관)

에드워드 오쿤, 「후회하는 유다」
(1901년, 45 × 70cm, 바르샤바 국립미술관)

잘못이 없다는 걸 알고는 밖으로 나가 유대인들에게 그대로 말했지. 그러나 그들은 이렇게 말했어. "그는 백성들에게 사실이 아닌 것과 그릇된 것을 가르쳤습니다. 게다가 아주 오래전 갈릴리*에서 그 일을 시작했고요." 헤롯에게는 갈릴리에서 율법을 어긴 자를 처벌할 권한이 있었기 때문에 빌라도는 이렇게 말했어. "나는 이 사람에게서 아무런 잘못도 찾지 못했소. 그를 헤롯에게 데려가시오!"

그래서 그들은 예수님을 헤롯 앞으로 끌고 갔지. 헤롯은 냉혹한 군사들과 갑옷 입은 자들에게 둘러싸여 앉아 있었어. 그들은 예수님을 비웃고는 조롱 삼아 화려한 옷을 입힌 다음 빌라도에게 되돌려 보냈어. 빌라도는 제사장들과 사람들을 함께 불러 놓고 말했어. "나는 이 사람에게서 아무런 잘못도 찾지 못하였고, 그건 헤롯도 마찬가지다. 그는 죽을죄를 짓지 않았다." 그러나 그들은 소리쳤어. "잘못을 했습니다! 잘못을 했다고요! 암요, 암요! 그자를 죽이시오!"

빌라도는 예수 그리스도를 비난하는 떠들썩한 소동 때문에 마음이 괴로웠어. 그의 아내 역시 밤새도록 이와

---

* 고대 팔레스타인의 북단 지역으로 현재 이스라엘 북부에 해당한다.

관련된 꿈을 꾸었던 터라 재판석에 앉아 있는 빌라도에게 전갈을 보내 말했어. "저 의로운 사람에게 아무 일도 하지 마세요!" 유월절 축제 기간에는 죄수들을 풀어 주는 관례가 있었기 때문에 빌라도는 사람들에게 예수님의 석방을 요구하라고 설득했지. 하지만 그들은 (워낙 무지하고 다혈질인 데다 제사장들로부터 지시를 받은 터라) 이렇게 말했어. "아니요, 아니요, 우리는 그를 풀어 주지 않을 것입니다. 바라바를 풀어 줄지언정 이 사람은 십자가에 못 박아야 해요!"

바라바는 죄를 저지르고 감옥에 갇힌 악랄한 범죄자로 사형을 앞두고 있었어.

빌라도는 예수님에 대한 사람들의 반감이 너무나 확고하다는 걸 알고 군사들에게 예수님을 채찍으로 매질하라고 명했어.

군사들은 가시나무로 왕관을 엮어 예수님의 머리에 씌우고 보라색 옷을 입힌 다음* 침을 뱉고 손찌검을 하며 말했어. "유대인의 왕, 만세!" 이것은 예수께서 예루살렘에 들어오셨을 때 군중이 예수님을 나윗의 자손이라고 불렀던 것을 그들이 기억하고 있었기

---

* 귀한 보라색 옷을 입힌 것은 예수를 조롱하려는 의도였다.

제임스 티소, 「본디오 빌라도 앞에 서신 예수님」
(19세기, 16.8 × 28.6cm, 브루클린 미술관)

디르크 반 바뷔렌, 「예수님에게 가시관을 씌우는 로마 군인들」
(1622년경, 캔자스시티 넬슨앳킨스 미술관)

때문이었어. 그들은 여러 가지 잔인한 방식으로 예수님을 괴롭혔지만, 예수님은 참고 견디면서 이렇게 말씀하셨어. "아버지! 저들을 용서하소서! 자기들이 무슨 짓을 하는지 저들은 알지 못합니다!"

빌라도는 보라색 옷을 입고 가시관을 쓴 예수님을 데려와 사람들 앞에 다시 세웠어. 그리고 말했지. "보라, 이 사람을!" 사람들은 야만인처럼 마구 고함을 질렀어. "그를 십자가에 못 박으라! 그를 십자가에 못 박으라!" 대제사장들과 관리들도 그렇게 소리쳤어. 빌라도가 말했어. "그를 데려가 너희들이 직접 십자가에 못 박으라. 나는 그에게서 아무런 잘못도 찾지 못하였다."

하지만 그들은 소리쳤어. "그가 스스로를 하나님의 아들이라 칭하였다. 그건 유대 율법에 따르면 죽어 마땅하다! 그가 스스로를 유대인의 왕이라 불렀으니 그것은 로마의 법에도 위배된다. 왜냐하면 우리에게는 카이사르 외에는 왕이 없기 때문이다. 만약 당신이 그를 풀어 준다면, 당신은 카이사르의 친구가 아니다. 그를 십자가에 못 박으라! 그를 십자가에 못 박으라!"

빌라도는 아무리 애써도 저들의 기세를 꺾을 수 없겠구나 생각하고 물을 가져오게 하여 군중 앞에서 손을 씻으며 말했어. "나는 이 의로운 사람의 피와 무관하다."

그러고는 십자가에 못 박으라고 예수님을 그들에게 넘겨주었지. 그들은 소리치며 예수님 주위에 몰려들어 예수님을(이 순간에도 그들을 위해 하나님께 기도하시는 분을) 잔인하게 모욕하면서 끌고 갔단다.

11

예수의 부활과 사울의 회심

"십자가에 못 박으라!" 그 시절 사람들이 무슨 뜻으로 이런 말을 했는지 너희들이 이해하려면 알아야 할 것들이 있어. 그때는 참으로 잔혹한 시대라 사형수를 죽이는 특이한 관습이 있었는데(그 시절이 지나갔음에 하나님과 예수 그리스도께 감사드리자꾸나!) 그것은 땅에 똑바로 박힌 커다란 나무 십자가에 산 사람을 못으로 박은 다음 햇빛과 바람 아래 그냥 놔두는 것이었어. 그렇게 밤이 가고 낮이 가면 그 사람은 고통과 갈증에 시달리면서 서서히 죽게 되지. 또한 자기 손이 박힐 십자가의 나무 가로대를 본인이 짊어지고 처형장까지 걸어가게 하는 것도 관습이었어. 그러면 수치감과 고통이 더욱 커질 테니까.

가장 저열하고 가장 악독한 범죄자처럼 십자가를 어깨에 짊어지신 우리의 복되신 구주 예수 그리스도께서는

베르나르도 카발리노, 「십자가를 지고 가시는 예수님」
(1645년경, 버지니아주 크라이슬러 미술관)

크리스토프 슈바르츠, 「십자가를 세우는 장면」
(1587년, 48.5 × 59.5cm, 바르샤바 국립미술관)

학대하는 군중에 둘러싸여 그렇게 예루살렘을 떠나셨고, 히브리어로 골고다라 불리는 곳으로 가셨어. 골고다란 '해골이 있는 곳'이란 뜻이야. 갈보리산이라 불리는 언덕에 이르자 그들은 예수님의 손과 발에 잔혹한 못을 박아 예수님을 십자가에 매달았어. 양옆 십자가에는 고통에 신음하는 저열한 도둑들이 있었지. 그들은 "나사렛 예수, 유대인의 왕"이라는 글을 각각 히브리어, 그리스어, 라틴어 세 가지로 써서 예수님의 머리 위에 고정해 두었어.

 그곳을 지키던 경비병 넷은 땅바닥에 앉아 예수님의 옷(예수님에게서 벗겨 낸 옷)을 네 꾸러미로 나누어 놓고는 예수님의 겉옷을 누가 차지할지 제비를 뽑아 그것들을 나누어 가졌어. 그들이 거기 앉아 내기를 하고 잡담을 나누는 동안 예수님은 내내 고통받고 계셨어. 그들은 쓸개즙을 섞은 식초와 몰약을 섞은 포도주를 마시라고 예수님에게 주었으나 예수께서는 아무것도 받지 않으셨어.

 그리고 그쪽을 지나가던 못된 사람들은 예수님을 조롱하며 말했어. "만일 당신이 하나님의 아들이거든 십자가에서 내려와 보라." 대제사장들도 조롱하며 이렇게 말했어. "죄인들을 구원하러 왔다는 자다. 자기나 구원하라지!" 도둑 한 명은 고통 속에 계신 예수님에게 악담을 퍼부었어. "당신이 구세주라면 당신 자신과 우리를 구원해 보라." 하지만 다른 도둑은 참회하고 이렇게 말했지. "주여! 주님의 왕국으로 가실 때 저를 기억해 주십시오!" 그러자 예수께서 대답하셨어. "오늘 너는 나와 함께 낙원에 있으리라."

그분을 가엾게 여긴 사람은 한 명의 제자와 네 명의 여인 말고는 아무도 없었어. 하나님께서는 그 여인들의 진실하고 친절한 마음씨를 축복하셨지! 그들은 바로 예수님의 어머니, 그 어머니의 자매, 글레오파의 아내 마리아, 그리고 두 번이나 머리카락으로 예수님의 발을 닦아 드린 마리아 막달레나였어. 그리고 그 제자는 예수께서 아끼신 제자 요한이었지. 예수님의 가슴에 기대어 누가 배신자인지 여쭈었던 요한 말이야. 예수께서 그들이 십자가 발치에 서 있는 것을 보시고는 어머니께 말씀하시길, 자신이 죽고 나면 요한이 아들이 되어 어머니를 위로할 거라고 하셨어. 그때부터 요한은 어머니 마리아에게 아들 노릇을 하며 정성을 다했단다.

정오쯤 되었을 때 짙고 무서운 어둠이 온 땅을 뒤덮더니 오후 3시 무렵까지 계속되었어. 그때 예수께서 큰 목소리로 부르짖으셨지. "나의 하나님, 나의 하나님, 어찌하여 나를 버리셨나이까!" 그 소리를 들은 병사들이

쥘리앵미셸 게, 「십자가의 마지막 장면」
(1587년, 185 × 260.5cm, 아미앵 피카르디 미술관)

해면을 거기에 있던 식초에 적신 뒤 긴 갈대에 꿰어 예수님의 입가로 올려 주었어. 예수께서 그것을 받으신 후에 "다 이루었다!"라고 말씀하셨어. 그러고는 "아버지! 제 영혼을 아버지 손에 맡기나이다!"라고 외치시고는 숨을 거두셨어.

그때 무시무시한 지진이 일어나고, 성전의 거대한 벽이 갈라지고, 바위들이 산산이 부서졌어. 그 광경에 경비병들은 겁을 먹고 서로에게 말했어. "이분은 분명 하나님의 아들이었구나!" 그리고 멀리서 십자가를 지켜보던 사람들은(그중에 여인들이 많았어.) 가슴을 치며 두렵고 슬픈 마음으로 집으로 돌아갔지.

이튿날이 안식일이라 유대인들은 시신들을 즉시 내려 달라고 빌라도에게 청했어. 그래서 병사들이 와서 두 죄인은 다리를 꺾어 죽였지만, 예수께 다가갔을 때는 예수님이 이미 돌아가신 것을 발견하고는 그저 창으로 옆구리를 찔러 보았지. 그러자 상처에서 피와 물이 흘러나왔어.

유대인들의 마을 아리마대에 요셉이라는 선량한 사람이 있었는데 그는 그리스도를 믿는 사람이었어. 요셉은 남몰래(유대인들이 무서워) 빌라도에게 가서 예수님의 시신을 달라고 청했어. 빌라도가 그것을 허락해 주자 그는 니고데모와 함께 시신을 아마포와 향료로 감싼 뒤 — 유대인들이 시신을 매장하기 전에 치르는 절차를 치르고 나서 — 새 무덤 안에 묻어 드렸어. 그곳은 십자가 처형 장소에서 가까운 어느 정원 안에 바위를 파내 만든 석실 같은 곳이었는데, 그때까지 누구도 묻힌 적 없는 곳이었어. 그들은 큰 바위를 굴려 무덤 입구를 막은 뒤 그곳을 떠났어. 막달라 마리아와 다른 마리아는 그저 거기 앉아 무덤을 바라보고 있었고.

대제사장들과 바리새인들은 예수 그리스도께서 죽은 지 사흘 만에 무덤에서 다시 살아날 거라고 제자들에게 하신 말씀을 기억하고는 빌라도에게 가서 그날까지 그 무덤을 철저히 지켜야 한다고 주장했어. 그러지 않으면 제자들이 시신을 훔쳐 간 뒤 백성들에게 그리스도께서 죽은 자 가운데서 다시 살아나셨다고 말할지 모른다면서. 빌라도는 그 말에 동의했고, 경비대로 하여금 무덤을 계속 지키게 했어. 바위도 단단히 고정되었고. 그렇게 무덤은 감시 속에서 차단되었고, 그로부터 사흘째 되는 날, 한 주가 시작되는 첫날이 되었어.

그날 아침 동틀 무렵에 막달라 마리아와 다른 마리아, 그리고 다른 여인들 몇 명이 미리 준비한 향료를 가지고 무덤으로 왔어. 그들이 서로에게 "저 바위를 어찌 굴려

포드 매덕스 브라운, 「예수님의 장례식」
(1868년, 55.3 × 48.2cm)

존 로덤 스펜서 스태너프, 「살아 계신 분을 왜 죽은 자 가운데서 찾느냐」
(1880년경, 160.4 × 200.5cm, 오스트레일리아 뉴사우스웨일스 미술관)

치울까?" 하고 말했을 때, 땅이 부르르 흔들리더니 천사가 하늘에서 내려와 바위를 굴려 치운 다음 그 위에 앉아 있었어. 얼굴은 번개를 닮았고 옷은 눈처럼 희었지. 경비병들은 천사를 보고 겁에 질려 죽은 듯이 까무러치고 말았어.

막달라 마리아는 돌이 치워진 것을 보고는 그곳으로 오고 있던 베드로와 요한에게 지체 없이 달려가 이렇게 말했어. "그들이 주님을 데려갔어요. 어디로 데려갔는지 모르겠어요!" 그들은 즉시 무덤으로 달려갔어. 두 사람 중 걸음이 더 빠른 요한이 먼저 무덤에 도착했지. 그는 몸을 굽혀 안을 들여다보았어. 시신을 감쌌던 아마포가 그 안에 있는 것이 보였지. 하지만 그는 안으로 들어가지는 않았어. 뒤따라온 베드로가 무덤 안으로 들어가서 아마포가 한쪽에 놓여 있고 머리를 감쌌던 수건은 다른 곳에 놓여 있는 것을 보았지. 그제야 요한도 안으로 들어가 같은 장면을 목격했어. 그리고 그들은 이 사실을 다른 사람들에게 알리기 위해 집으로 돌아갔단다.

하지만 막달라 마리아는 떠나지 않고 무덤 밖에서 울고 있었어. 잠시 후 그녀가 몸을 굽혀 무덤 안을 들여다보니 흰옷을 입은 두 천사가 예수님의 시신이 놓여 있던 자리에 앉아 있는 게 아니겠니. 천사들이 막달라 마리아에게 말했어. "여자여, 어찌하여 울고 있느냐?" 막달라 마리아가 대답했어. "그들이 주님을 데려가 버렸는데 어디 두었는지 알지 못하기 때문입니다." 그녀는 대답하면서 고개를 돌렸는데, 뒤에 예수님이 서 계셨어. 하지만 그녀는 그분을 보고도 곧바로 알아보지 못했어. "여자여." 예수께서 말씀하셨어. "어찌하여 울고 있느냐? 무엇을 찾느냐?" 그녀는 예수님이 정원사인 줄 알고 이렇게 대답했어. "저기요! 혹시 주님을 다른 곳으로 옮겼다면 어디에 두었는지 알려 주세요. 제가 그분을 모셔 가겠습니다." 그러자 예수께서 그녀의 이름을 부르셨어. "마리아야." 그제야 그녀는 주님을 알아보고 깜짝 놀라 "예수님!" 하고 외쳤어. "나를 만지지 마라." 예수께서 말씀하셨어. "나는 아직 아버지께 올라가지 않았다. 다만 내 제자들에게 가서 '내가 내 아버지 곧 너희 아버지께로, 내 하나님 곧 너희 하나님께로 올라간다.'라고 전하여라!"

그리하여 막달라 마리아는 제자들에게 가서 예수님을 보았다고 말하고 그분께서 하신 말씀을 전했어. 그리고 그녀가 두 제자 베드로와 요한을 부르러 달려갔을 때 무덤가에 남았던 다른 여인들과 그곳에서 다시 모였지. 이 여인들은 모두에게 말했어. 무덤가에서 빛나는 옷을 입은 두 남자를 보고 두려운 마음에 엎드렸더니 남자들이

안토니오 다 코레조, 「"나를 만지지 마라"」
(1525년경, 130 × 103cm, 프라도 미술관)

렘브란트, 「엠마오의 저녁 식사」
(1629년, 37.4 × 42.3cm, 파리 자크마르 앙드레 박물관)

주님께서 다시 살아나셨다고 하였고, 이 소식을 전하러 오는 길에 그리스도를 만나 그분의 발을 붙잡고 경배를 드렸다고. 하지만 사도들은 이 이야기를 그저 허황된 농담처럼 듣고 진지하게 믿지는 않았단다.

실신했던 경비병들도 정신을 차리고 대제사장들에게 가서 자신들이 본 것을 말하였지만 많은 돈을 받고 그 일에 대해 입을 다물기로 하였어. 게다가 그들이 잠든 사이에 제자들이 와서 시신을 훔쳐 갔다는 소문을 내라는 지시도 받았지.

바로 그날, 열두 사도 중 하나인 시몬과 그리스도를 따르던 신자 글로바는 예수님에서 조금 떨어진 엠마오라는 마을을 향해 걸어가면서 그리스도의 죽음과 부활에 대해 이야기를 나누고 있었어. 그러다 어느 낯선 사람과 동행을 하게 되었는데, 그 낯선 사람이 성경에 대해 설명하고 하나님에 대해 많은 것을 알려 주는 게 아니겠니. 그들은 그의 지식에 놀랄 수밖에 없었어.

날이 저물 무렵 그들은 마을에 도착했어. 두 사람이 낯선 사람에게 그날 밤을 같이 묵자고 청하자 그는 그러겠다고 했어. 세 사람이 저녁 식사를 하려고 둘러앉았을 때, 그가 빵을 들어 감사의 기도를 올리고 조각을 내 나눠 주는데 그 모습이 마지막 만찬 때 그리스도와 똑같았어. 그들은 깜짝 놀라 그를 바라보다가 그의 얼굴이 달라졌다는 걸 깨닫게 되었지. 사실 그는 그리스도였던 거야. 그 순간 두 제자들이 지켜보는 앞에서 그분은 그대로 사라지셨어.

    그들은 즉시 일어나 예루살렘으로 돌아갔어. 모여 있던 제자들을 찾아가서 목격한 것을 이야기했지. 그들이 이야기를 나누고 있는데 갑자기 예수께서 무리 가운데 서 계셨어. 예수께서 말씀하셨어. "너희에게 평화가 있을지어다!" 그리고 그들이 두려움에 떠는 것을 보시고 자신의 손과 발을 보여 주시며 만져 보라 하셨지. 그리고 그들이 마음을 추스르고 안정을 찾을 때까지 모두 앞에서 구운 생선 한 조각과 꿀 한 조각을 드셨어.

    그런데 열두 사도 중 도마는 그때 그 자리에 없었어. 나중에 다른 제자들이 그에게 "우리가 주님을 보았다!"라고 말하자 그는 이렇게 말했어. "내 눈으로 그 손에 난 못 자국을 보고 내 손가락으로 그 옆구리를 찔러 보기 전엔 믿지 못하겠다!" 그 순간, 모든 문이 닫혀 있었는데도 예수께서 다시 나타나 그들 가운데 서서 말씀하셨어. "너희에게 평화가 있을지어다!" 그러고 나서 도마에게 말씀하셨어. "네 손가락을 이리 내밀고 내 손을 보라. 네 손을 내밀어 내 옆구리를 찔러 보라. 그리하여

카라바조, 「의심하는 도마」
(1602년, 107 × 146cm, 베를린 상수시 궁전 미술관)

알렉산드르 이바노프, 「사람들 앞에 나타나신 부활하신 예수님」
(1857년, 540 × 750cm, 모스크바 트레티야코프 미술관)

믿음 없는 자가 되지 말고 믿는 자가 되라." 그러자 도마는 이렇게 대답했지. "나의 주님, 나의 하나님!" 그러자 예수께서 말씀하셨어. "도마야, 너는 나를 보고서야 나를 믿는구나. 보지 않고도 믿는 자가 복되도다."

그 일이 있고 나서 예수 그리스도께서는 당신을 따르는 자 500명 앞에 모습을 드러내셨어. 이후 40일 동안 제자들과 함께하시면서 그들을 가르치고 세상으로 나아가 복음과 종교를 전파하도록 지시하셨지. 악한 사람들이 무슨 짓을 할지 개의치 말라고 하셨어. 그리고 마침내 제자들을 예루살렘 밖 베다니아로 인도하시고 그들을 축복하신 뒤 구름에 싸여 하늘로 올라가셨고, 하나님의 오른쪽에 자리를 잡으셨어. 그들이 예수께서 사라지신 밝고 푸른 하늘을 바라보고 있을 때 희고 긴 옷을 입은 두 천사가 그들 가운데 나타나 그들에게 말했어. 너희들이 하늘로 올라가시는 그리스도를 본 것과 같이, 언젠가 그리스도께서 세상을 심판하러 다시 내려오실 거라고.

그리스도께서 더 이상 세상에 모습을 드러내시지 않자 사도들은 명을 받은 대로 사람들을 가르치기 시작했어. 그리고 악한 유다를 대신할 새로운 사도로 맛디아를 뽑은 후에 온 나라를 돌아다니면서 그리스도의 삶과 죽음, 십자가에서 돌아가신 후 부활하심, 그리고 그리스도께서 가르치신 교훈을 사람들에게 전하고 예수님의 이름으로 세례를 주었어. 또한 그들은 예수께서 주신 능력으로 병든 자들을 고쳤어. 예수께서 하신 대로 눈먼 자는 보게 하고 말 못 하는 자는 말하게 하고 듣지 못하는 자는 듣게 하였어. 베드로는 감옥에 갇혔지만 한밤중에 나타난 천사에 의해 풀려나기도 했어. 한번은 아나니아라는 남자와 그의 아내 삽비라가 하나님 앞에서 거짓을 말했다가 그대로 쓰러져 죽은 일도 있었지.

    그들은 가는 곳마다 박해를 당하고 가혹한 대우를 받았어. 사울이라는 남자는 야만적인 사람들이 스데반이라는 그리스도인을 돌로 쳐 죽일 때 그자들의 옷을 맡아 주는 등 항상 사도들을 괴롭히는 데 앞장섰어. 하지만 훗날 하나님께서 사울의 마음을 바꾸셨어. 그가 다마스쿠스에 있는 그리스도인들을 찾아내 감옥으로 끌고 가려고 그곳으로 가고 있을 때 하늘에서 큰 빛이 내려와 그를 비추더니 음성이 들려왔어. "사울아, 사울아, 어찌하여 너는 나를 박해하느냐!" 그러고 나서 사울은 보이지 않는 손에 의해 타고 있던 말에서 끌려 내려와 내동댕이쳐졌어. 함께 말을 타고 가던 경비병들과

존 싱글턴 코플리, 「예수님의 승천」,
(1775년, 81.2 × 28.7cm, 매사추세츠 보스턴 미술관)

안토니오 데 벨리스, 「베드로를 옥 밖으로 인도하는 천사」
(1640년대, 178.5 × 260.5cm, 개인 소장)

병사들이 모두 보는 앞에서. 그들이 사울을 일으켰을 때 사울은 눈이 멀어 있었어. 그는 사흘 동안 한자리에서 먹지도 마시지도 못했는데, 한 그리스도인(천사가 보낸 사람)이 예수 그리스도의 이름으로 그의 시력을 되찾아 주었어. 이후 그는 그리스도인이 되어(사도 바울) 사도들과 함께 설교하고 가르쳤고, 믿는 자로서 헌신했단다.

그들은 구주 그리스도의 이름에서 '그리스도인'이라는 이름을 얻었어. 또한 예수께서 십자가에서 고통을 당하시다 돌아가셨기 때문에 십자가를 그들의 징표로 삼았지. 당시 세상의 종교들은 거짓되고 잔인한 데다 사람들에게 폭력을 조장했어. 많은 신들이 존재한다고 믿던 시절이었고 그 신들이 피의 냄새를 즐긴다는 믿음 때문에 짐승들, 심지어 사람까지도 신전 안에서 살해되기도 했지. 여러 잔혹하고 역겨운 의식들이 성행하기도 했고.

그에 비해 그리스도교는 참되고 관대하며 선한 종교였음에도 옛 종교들의 사제들은 오랫동안 사람들로 하여금 그리스도인들에게 해를 끼치도록 조종했어. 그래서 수년간 그리스도인들은 목매달리고, 목이 잘리고, 불태워지고, 생매장되고, 대중의 오락거리가 되어 극장에서 야생 동물들에게 잡아먹혔어. 그렇지만 그 무엇도 그들을 침묵시키지도 겁먹게 하지도 못했지. 왜냐하면 자신의 의무를 다하면 천국에 간다는 걸 알았기 때문이야. 그리하여 수천수만의 그리스도인들이 속속 생겨나 사람들을 가르치다 참혹하게 살해되고 다른 그리스도인들이 그들의 뒤를 이으면서 이 종교는 점차 세상의 위대한 종교가 되었단다.

기억하렴! 그리스도인은 항상 선을 행한다는 것을. 우리에게 악을 행한 자들에게도 그리스도인은 선을 행해야 한다. 이웃을 자기 자신처럼 사랑하고 대접받고 싶은 대로 모든 사람을 대접하는 것이 그리스도인이야. 그리스도인은 온유하고 관대하며 용서하지만 그러한 것들을 마음속에 조용히 간직하고 결코 자랑하지 않아. 우리의 기도나 하나님에 대한 우리의 사랑을 자랑하지도 않지. 그 대신 매사에 올바른 처신으로 하나님에 대한 사랑을 겸손히 드러내야 한다. 우리가 이렇게 처신하고 우리 주 예수 그리스도의 삶과 교훈을 기억하며 그것을 본받고 실천하려 노력한다면, 감히 하나님께 우리의 죄와 실수를 용서하시고 평화로운 삶과 죽음을 허락해 달라고 해도 좋을 것이다.

바르톨로메 에스테반 무리요, 「바울의 회심」
(1680년경, 125 × 169cm, 프라도 미술관)

엘 그레코, 「베드로와 바울」
(1600년, 116 × 91cm, 바르셀로나 국립 카탈루냐 미술관)

찰스 디킨스(1812~1870년)

두 딸들에게 책을 읽어 주는 찰스 디킨스(1869년)

어린 그리스도인의 기도

(찰스 디킨스가 그의 자녀들을 위해 쓴 기도문 두 편)

우리 주 예수 그리스도께서 제자들과 우리에게 주신 가르침을 귀담아듣고, 사는 동안 매일 기억하겠습니다.

'진심을 다해, 온 마음을 다해, 온 영혼을 다해, 온 힘을 다해 우리 주 하나님을 사랑하라. 이웃을 내 몸처럼 사랑하고, 남에게 대접받고 싶은 대로 먼저 남을 대접하며, 너그럽고 온화하게 모든 이를 대하라.'

우리 주 예수 그리스도께서는 이보다 더 큰 계명은 없다고 말씀하셨습니다.

저녁 기도

오, 만물을 창조하신 하나님, 지으신 모든 것에게,

선을 행하고 달게 받는 자에게 온화하시며 자비로우신 하나님. 사랑하는 아빠와 엄마, 형제자매, 그리고 모든 친척과 친구들을 축복해 주소서.

    제가 착한 아이가 되게 하시고, 비열하고 창피한 나쁜 짓이나 거짓말을 하지 않게 하소서. 저를 돌봐 주는 사람들에게, 거지와 가난한 사람들에게 친절하게 하시고, 혹여 말 못하는 생명에게 잔혹한 짓을 하지 않도록 하소서.

    오늘 밤, 그리고 영원히 우리 모두를 축복하고 지켜 주시기를 우리 주 예수 그리스도의 이름으로 기도합니다. 아멘.

추천의 글

예수는 왜 위대할까?

허연(시인)

예수는 왜 위대할까? 권위 있는 엘리트도 아니었고, 무력도 경제력도 없었던 이 갈색 머리카락의 남자는 어떻게 가장 위대한 자로 세계사에 기록될 수 있었을까?

누구나 아는 이야기지만 그가 위대해질 수 있었던 건 '사랑' 때문이었다. 그는 스스로 만신창이가 되어 십자가에 매달려 죽어 가면서도 혁명이나 복수, 억울함을 부르짖지 않고 오로지 '서로 사랑하라.'라고 절규했다. 그는 힘이 아닌 사랑으로, 성취가 아닌 희생으로 인류를 가르친 빛나는 스승이었다.

또한 그는 탄압에 맞서 정치적 해방을 이끌었지만 끝내 비폭력의 뜻을 굽히지 않았던 소신 있는 리더였으며, 가장 낮은 곳으로 내려와 하늘 두려운 줄 알라고 외친 영적 슈퍼스타였다.

찰스 디킨스가 들려주는 예수 이야기에는 한 위대한 인간에 관한 서사가 흥미롭게 담겨 있다. 그 이야기는 속된 영혼들을 깨우고 구원의 길을 제시한다. 디킨스가 들려주는 '왕 중의 왕' 이야기를 듣는 사람들은 길을 잃지 않을 것이다.

추천의 글

다시 '이야기'로!

이해영 (성민교회 담임목사)

찰스 디킨스의 『예수의 생애』는 소설가의 문장이 아니라, 아버지의 고백으로 읽혀야 할 책이다. 위대한 작가였던 그가 이토록 담백하고 정직한 필체로 예수님의 삶을 써 내려갈 수 있었던 것은, 아마도 자기 자녀들의 영혼에 가장 진실한 복음을 심어 주고자 했던 간절함 때문이었을 것이다.

나는 이 책을 읽는 내내, 십자가 곁에 선 어머니와 제자를 바라보시며 예수님께서 남기신 마지막 부탁을 떠올렸다. 사랑하는 이를 향해 손을 내미는 그 장면은, 어쩌면 복음 전체를 요약하는 가장 작고도 깊은 몸짓일지 모른다. 디킨스는 바로 그 사랑의 언어로 이 이야기를 다시 들려준다. 설명하거나 설득하지 않는다. 그 대신 삶으로 우러난 언어로 예수님의 탄생과 기적, 말씀과 고난, 죽음과 부활을 꿰어 내며, 마치 우리가 그 곁에 있었던 것처럼 고요히 이야기해 준다.

가장 인상 깊었던 점은 '예수님께서 말씀하셨다.'라는 반복된 진술 속에 담긴 어떤 떨림이다. 디킨스는 복음을 과장하거나 미화하지 않으면서도, 그분의 말씀이 사람들을 어떻게 깨우고 변화시켰는지를 섬세하게 그려 낸다. 단어 하나, 표정 하나에도 그분의 마음이 묻어 나오도록 말이다.

이 책은 그 어떤 주석보다 더 부드럽고, 그 어떤 설교보다 더 맑다. 그러면서도 복음이란 결국 살아낸 고백이어야 하며, 다음 세대에게 들려주어야 할 가장 소중한 이야기임을 잊지 않게 해 준다. 디킨스의 이 짧은 고백문은, 우리가 복음을 얼마나 어렵게 설명하려 했는지를 부끄럽게 하고, 복음을 다시 '이야기'로, 다시 '관계'로 회복하게 한다. 진심을 담아 일독을 권한다.

추천의 글

다정하고 온유하게

정은귀(한국외대 영문학 교수)

제도 종교와 형식주의적 신앙에 평생 비판적인 목소리를 낸 사람이 여전히 예수의 가르침을 전달할 수 있을까? 소설에서는 종교의 위선적 태도를 신랄하게 고발했던 찰스 디킨스의 마음에 어떤 예수님이 머물러 있었길래? 이처럼 다정하고 소소하게 전하는 우리 주님의 생애라니!

『올리버 트위스트(Oliver Twist)』에 등장하는 교구 관리인 범블 씨(Mr. Bumble)를 떠올려 보더라도 디킨스에게 당대 기독교는 불의를 행하는 사회적 구조에 편승하는 제도로 날카로운 비판의 대상이었다. 가난한 아이들에게 냉혹한 교회 시스템, 선교 사업에는 열심이지만 자기 자녀와 가정은 돌보지 않는 자선가, 겉으로는 도덕적이고 신앙심 깊은 척해도 실제로는 위선적인 사람들. 디킨스가 바라본 당시 종교는 위선과

탐욕에서 자유롭지 못했다.

하지만 그가 1846년에서 1849년 사이에 오롯이 자기 자녀들을 위해 쓴 이 책에는 다정하고 소소하게 우리 주님의 생애가 담겨 있어서 이 세상을 구원하러 오신 예수님이 구체적으로 그려진다. "사랑하는 나의 아이들아"로 시작하는 아버지의 말은, 예수 그리스도의 생애에 대해서 자녀들이 꼭 알았으면 하는 신앙의 핵심을 조곤조곤 들려준다. 예수님만큼 선하고 친절하고 온화하고 자비로운 분은 이 세상에 없었다는 것, 그리하여 병든 자, 비천한 자를 모두 아울러 사랑한 그분을 통해 신앙은 말이 아니라 행동에서 드러난다는 것을 말하는 디킨스의 편지글은 다정하고 온유하다.

예수님의 생애를 통해 사랑과 자비를 실천하라는 신앙의 핵심을 아이들에게 자상하게 들려주는 아버지의 이야기. 디킨스의 아이들이 모두 세상을 떠난 후에 뒤늦은 출간으로라도 이렇게 우리와 생생하게 만날 수 있다는 것은 분명 행운이다.

소설가로서는 그토록 통렬하고 예리했던 디킨스, 그리하여 당대 사회의 모순을 날카롭게 꼬집으며 인간성의 이면을 들여다보았던 그지만, 이 글에서는 한없이 다정하고 친절한 아버지다. 예수님처럼 쉽고 간결한 말로 우리 주님의 생애를 차근차근 그리면서 그리스도 신앙의 핵심을 전하는 이 책을 많은 이들이 읽었으면 한다. 예수를 알든 모르든 상관없이 말이다.

　우리 주 예수 그리스도의 삶과 교훈을 기억하고 그를 실천하려는 노력이 왜 우리 삶에 중요한지. 늘 넘어지고 다치는 우리 자신을 돌아보며, 넘어져도 다시 일어나고, 마음에 미움이 생겨도 그 미움을 정갈하게 걷어 내면서 하루하루의 고비를 넘어가는 길에 그리스도의 정신이 어떤 도움이 되는지. 이를 알고 싶은 이들은 찰스 디킨스가 전하는 우리 주 예수 그리스도의 생애를 차근차근 톺아보면 좋겠다.

　예수 그리스도는 이 세상에 실제로 오셨던 역사 속의 인물이다. 세상이 가한 조롱과 박해 속에서도 넓고 고른 사랑을 실천하다가 아끼던 이에게 배반당하고 참혹한 죽음으로써 하늘로 돌아가신 분. 하지만 그 정신이 여전히 이 세상에 있어서 이토록 고통스럽고 힘겨운 시절에도 그분의 선한 사랑과 자비와 정의가 이 땅에도 여전히 살아 있음을 실감하게 될 것이다.

추천의 글

누가 우리의 진정한 왕인가?

이상준 (1516교회 담임목사)

『예수의 생애』는 출간하려던 책이 아니라 찰스 디킨스가 자녀들에게 들려주었던 복음서 이야기였다는 점이 흥미로웠다. 개인적인 것이 가장 보편적인 것이 되지 않는가. 일상이 빛나는 가치를 갖는 것은 작은 물결 하나가 거대한 파도가 되기 때문이다. 그의 소설들이 당대 영국을 움직이고 오늘날까지 많은 이들을 움직인 그 시작점 중 하나가 이 책에 있다고 하겠다.

  19세기 빅토리아 시대의 영국을 대표하는 소설가이자 사상가였던 그가 어린이들을 위한 소고를 남겼다는 것 자체로 이 책에는 고유하고 특별한 가치가 있다. 20세기 최고의 지성 중 하나였던 C. S. 루이스가 아이들을 위한 동화를 만들었던 것처럼, 찰스 디킨스가 의도했던 것은 아니지만 아이들을 위한 스토리를 남긴 것이다.

이 책을 읽으면서 이 심플한 책이 어떻게 「킹 오브 킹스」라는 애니메이션 걸작을 나오게 할 수 있었는가 생각하지 않을 수 없었다. 그것은 이 책이 갖는 단순함의 힘에서 나온 것이라고 보인다. 왜냐하면 이 책은 아이들의 시선으로 예수님을 따라가게 만든다. 그렇게 성경의 주인공이 누구인지를 정확하게 보여준다.

우리는 종종 긴 서사를 읽고 많은 등장인물을 보다가 주인공을 놓치고 핵심 주제를 놓치는 경우가 많지 않은가. 놀이동산에서 여러 가지 캐릭터들이 등장하는 퍼레이드를 보거나 가면무도회에서 수많은 화려한 가면들을 보다 보면, 거기에 빠져들어 진짜 주인공이 누구인지를 쉽게 놓치곤 한다.

사실 성경도 그런 책으로 전락할 때가 많다. 「창세기」부터 「요한계시록」까지 총 66권 1189장 3만 1089절의 길고 긴 이야기들을 읽다 보면 숲에서 길을 잃는다. 1600년 동안 69명의 저자가 쓴 기록이 아닌가. 그러나 성경의 주인공은 분명하다. 바로 예수님과 당신이다. 성경 속으로 당신을 초대하기 원하시는 예수님이기 때문이다.

사실 우리는 성경을 다양한 관점으로 읽는다. 윤리적인 관점, 역사적인 관점, 비평적인 관점 등. 그러나 성경은 다른 어떤 관점보다 성경 자체의 관점이 있다. 그 관점으로 보면 성경은 인격적이고 관계적인 책이다. 예수님을 당신에게 소개하고 만나게 해 주려는 책이기 때문이다. 그래서 『예수의 생애』는 성경적 관점으로 성경 본연의 역할을 감당해 낸 소설이라 하겠다.

찰스 디킨스가 아이들에게 소개한 것처럼, 예수님은 정말 좋은 분이다. 그리고 좋은 소식을 전하려고 오셨다. 그리고 잘난 사람이든 못난 사람이든, 건강한 사람이든 병든 사람이든, 착한 사람이든 나쁜 사람이든, 우리 모두를 좋은 사람으로 만들어주시는 분이다. 그래서 인류사의 모든 왕들 중에 가장 좋은 왕이 되시는 분이다.

디킨스가 자기 아이들에게 들려줄 이야기를 애정을 갖고 친필로 남겼다는 것이 놀랍지 않은가. 그래서 오늘날 우리가 이 책을 볼 수 있기 때문이다. 이것이 기록의 가치요 위대함이다. 성경이라는 책도 그렇다. 신이 인간에게 들려줄 이야기를 애정을 갖고 글로 남겼다는 것이 놀랍다. 오늘 『예수의 생애』를 꼭 들어 읽어보라. 우리의 진정한 왕을 만나게 될 것이다.

옮긴이 황소연

연세대학교를 졸업하고 출판기획자를 거쳐 전문 번역가로 활동 중이다. 옮긴 책으로 베아트릭스 포터의 『피터 래빗 전집』, 루이자 메이 올콧의 『작은 아씨들』, 서머싯 몸의 『인생의 베일』, 『케이크와 맥주』, 메리 셸리의 『프랑켄슈타인』, 헤밍웨이의 『가진 자와 못 가진 자』, 휴버트 셀비 주니어의 『브루클린으로 가는 마지막 비상구』, 찰스 부코스키의 시집 『사랑은 지옥에서 온 개』, 『망할 놈의 예술을 한답시고』, 『위대한 작가가 되는 법』 등이 있다.

예수의 생애

1판 1쇄 찍음	2025년 7월 20일
1판 1쇄 펴냄	2025년 7월 25일
지은이	찰스 디킨스
옮긴이	황소연
발행인	박근섭 · 박상준
펴낸곳	(주)민음사
출판등록	1966. 5. 19. 제16-490호
주소	서울특별시 강남구 도산대로1길 62 (신사동)
	강남출판문화센터 5층 (우편번호 06027)
대표전화	02-515-2000 ǀ 팩시밀리 02 515-2007
홈페이지	www.minumsa.com

© 황소연, 2025. Printed in Seoul, Korea

ISBN   978-89-374-0495-5 (04800)

* 잘못 만들어진 책은 구입처에서 교환해 드립니다.